# 煮字為藥

徐國能 著

## 增訂版序

# 人生識字憂患始

李崇建

徐國能送來兩本新出版的童書，並囑我為再版的《煮字為藥》寫些感想。他是老派的人，贈書時不忘在內頁提一句詩，或者兩句話，作為餽贈時的註腳，這一次他提的句子是：「人生識字憂患始。」

我就讀東海大學時代，一群不成氣候的文藝青年，常不知天高地厚「煮」字為「樂」，拿著彼此的創作推敲老半天。我還未識國能其人，先見識他的作品，依稀記得是如今投身茶藝美學的李曙韻，捧著〈忘言〉一詩讚嘆：「我已不再言語了，不是遺忘，而是記得……」

於是我從此識得徐國能。

他是天馬行空的人，卻又出口成章，能毫不費力背上幾句應景的詩詞。我常酸他的「迂」，因為我也能背，卻遠遠不如他背得多，不如他瀟灑自得，只得嫌他酸氣迂腐。他器度大，並不以為意，奔騰在球場與重車上照樣吟詩作對，彷彿用詩文表達他對生命的態度，一種獨特的個人性情。

但他不只是個感月吟風的文藝青年，骨子裡常融合著創意與古風，在詩文各領域大方探索，總能創造出一番境界，令人望塵莫及。但回溯他早歲年輕的靈魂，卻予人一種老去的蒼涼之感，並不容易使人親近。比如他的〈忘言〉一詩，不再言語，竟似一種絕望的姿態，從骨子裡散發出來，讓我想起早逝的天才詩人海子那首「從明天起，做一個幸福的人。」何其清淡，何其悲傷？但你瞭解他也好，不瞭解他也罷，他並不在意，他總是一如既往地，以獨特的姿態展現豐富的面貌。

然而僅僅用絕望或者蒼涼，都不足以詮釋徐國能，因為他用巨大的熱情在現世努力著。因此人們時而感覺他消極出世，時而覺得他積極地入世，諄諄教誨，傳遞薪火，彷彿身處末世的守護者，悲觀卻努力地存在著，呈現一種矛盾的狀態。我以為《煮字為藥》這一本書，便透露他對現狀蕭條的悲涼之感，卻也是他巨大熱情的明證。身為一個中文人，在學子中文能力日漸貧弱的年代，他引經據典，旁徵博引，對照今昔，孜孜不倦，誨之不倦，此乃書生教師的典範。

徐國能深知中文要引起學子共鳴，必得從現世出發，連結到古典文學。因此《煮字為藥》一書，有他對現世體切的觀察，再回到中文脈絡的論述，小從流行事物，隻字片語，大到政治與國際概況，錦繡文章，皆能著眼與發想，如一起向高樓撞曉鐘的武林高手，縱橫經緯，招式大開大闔，令人目不暇給。

學子不重視古典文學了嗎？打開網路，看雅虎奇摩的知識欄，可見「各位大大，幫我女友的名字寫一首古詩好嗎？」、「各位大大，誰能幫我用女友的名字寫一幅對聯？」；打開電視，看見霹靂布袋戲的對白，充斥著古典的語彙，詩詞歌賦古文齊發；聽聽流行音樂，眾多歌手的歌詞，都有古典詩詞的影子，比如周杰倫的〈青花瓷〉、王力宏的〈花田錯〉、胡彥斌的〈訣別詩〉、周筆暢的〈誰動了我的琴弦〉、伊能靜的〈念奴嬌〉。可見古典文學隱身在各種流行文化之內，仍受重用，中文教育工作者，可以從此思索古典文學的切入點。因此徐國能從現世出發，書寫《煮字為藥》，連結古典文學的策略，我以為是正確的方向，雖然文章對學子仍有其艱難之處，卻能做到從通俗出發卻不媚俗，實屬不易。

徐國能在書頁提給我的字：「人生識字憂患始。」對照《煮字為藥》書封上的文字，便能感覺徐國能豐富且細微的面貌：

「世界的一些美好如細沙簌簌流去，
煮字為藥
治療著我的無奈與寂寞。」

「人生識字憂患始。」出自蘇東坡〈石蒼舒醉墨堂〉詩，石蒼舒是北宋善行草的文士，兩人交情頗深，乃誕生此詩。但東坡此詩卻道讀書識字的壞處，一個人一旦讀書識字，擔心的事情多了，一生從此憂患坎坷。因此詩中要人「姓名粗記可以休。」只要認識自己的姓名就足夠了。然而，東坡此詩隱含知識分子憂國憂民之心，終其一生不得釋然，從此看徐國能的《煮字為藥》，便能對他有更細微的瞭解罷！

——二〇一一年七月

（本文作者為臺灣青少年協進會理事長）

# 目錄



## 文化雲遊——你要愛中文

## 倉頡的夢

### ——新鮮讀中文

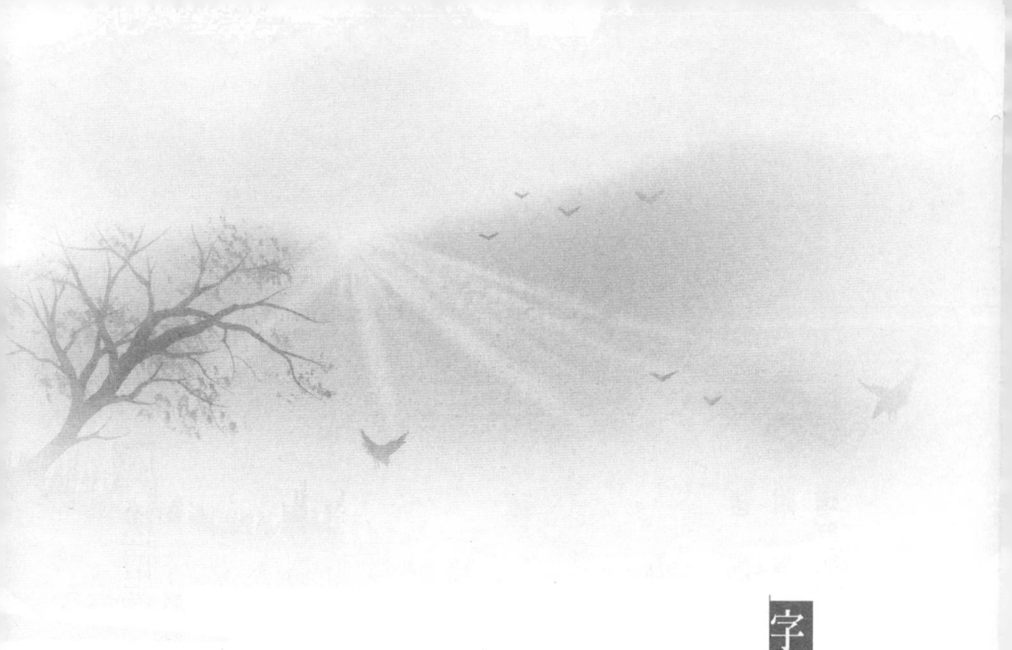



## 字光詩影——一起醉中文

## 墨淡情深——好好用中文

# 寫給徐國能的新書

董橋

徐國能那篇〈字的故事〉引述夏宇的文章說，愛斯基摩人交談的方式是「把彼此凍成雪塊的聲音帶回去，升一盆爐火，慢慢的烤來聽。」那是人世間最溫暖的爐邊瑣語了，只有生長在雪天冰地裏的人才聽得懂的心曲。“*The Lost World of the Kalahari*”裏也有一段Peter Scott說的故事，說是愛斯基摩人聽了他講述戰地舊事驚惶極了，連忙問他歐洲人難道都那樣隨隨便便跑出去亂殺陌生人：“But do you Europeans actually go out and kill people you've never met?”。

都市裏的人老早忘了那樣淺白的關愛。資訊氾濫沖走了往昔珍重的叮嚀，紙糊破窗，泥補殘簷，人人等待的已經不是來春歸燕的呢喃，難怪徐國能驀然回首，想到的竟是他也「升一盆火，照亮歷史博物館裏文字刀契的痕跡，靜靜傾聽每一個字，傾聽它們對千年後使用電腦打字的我，究竟要透露什麼樣的文化秘密？」他一定知道那也不容易：電子霸權的年代裏，撳著滑鼠長大的新人類認得出張愛玲〈琉璃瓦〉中金瓶裏那朵梔子花算是天大的造化了。

一九七三年才出世的臺北人，徐國能讀完東海大學中文系又拿了師範大學博士學位，現在在大學裏從事文學教育，多年輕的學問家！我先是讀了他的文集《第九味》，滿紙精緻的懷舊和精緻的感悟，連文字都有本事經營得又現代又古雅，彷彿時麾大飯店的餐後甜點，竟是一道早歲巷口叫賣的烤白薯，說是僅僅為了「提供一種徒然與感傷，對於曾經的，對於不再的！」我的朋友焦桐給那本書寫的序文於是慨嘆徐國能青春的外表裏藏著蒼老的靈魂。

最近，臺北九歌陳素芳寄來一疊打字文稿，說徐國能要我給他這本新書寫幾句話。這些篇章都比較短，議論多了，抒情少了，借些眼前的人與事烘托心中的思與感，平實的文字步入尋常的巷陌，路人稀疏，雞犬閑散，幾陣桂花雨忽然輕輕飄下，衹見鄰翁佝僂著身子慢慢清掃門前的落英：徐國能到底捨不得徹底放棄他那管蓄滿墨香的筆！墨香，說穿了正是現代人久違的人文素養。

照徐國能說，李家同教授提出過三十個問題探討當今大學生的人文素養，台灣報上立刻有了各種反擊：誰有資格決定大學生該知道些什麼；李家同應該說明聽維瓦第有什麼用處而不是嘲諷沒聽過維瓦第的人；農民子弟誰有工夫讀《戰爭與和平》；沒有人文素養有什麼損失！我不知道那三十個問題是什麼問題；李教授當然是個老派的有心人，他的書生之情越濃，招來的代溝之識自然越多。人心翻新了。

徐國能寫〈我喜歡背詩〉說，欣賞與理解文學音樂與美術可以探索別人和自己的心靈，「從而更加認識自我與人類全體存在的大意義」。那是赤子之抱負，跟李家同談人文素養的本意應該是很相近的。可惜我並不那樣想。親近文學親近音樂親近美術親近的是個人的性情，成不成得了一股素養不必強求，跟「認識人類全體存在」的關係尤其不大，大了反而容易給政治擺佈，毛澤東〈在延安文藝座談會上的講話〉想的就是擺佈這層關係。我情願獨自升一盆爐火拿文學拿音樂拿藝術慢慢烤來聽：徐國能你也試試烤烤看。

——二〇〇五年三月二十八日於香港

# 書生徐國能

夏瑞紅

首先，我必須坦白，我只是徐國能文章的眾多愛慕者之一，而且跟他僅只見過一面。

那是五年前某日，我在報上讀到他寫的散文，「刀工」，驚為天人之作，於是冒昧打電話去邀人家見面。那次我們談了些跟閱讀習慣與當代文學作品有關的事，徐國能態度溫厚自然，論述中肯深入，跟一般他那個年紀的人，氣質大不相同，讓我印象深刻且由衷讚賞。

因此之故，去年初，我夢想在浮世繪版開一個叫「中文正紅」的專欄來重燃大家對學習中文的熱情，第一個想到的作者就是徐國能。就這樣，剛到大學教中文的徐國能，每星期四固定在浮世繪分享他所領悟的中文之妙，以及對時下中文教學的反思，為期整整一年。那一年中，讀者迴響不斷，特別是許多中學國文老師們來信表示，他們不但每周必讀，還推薦給學生。

關於徐國能，在「中文正紅」專欄推出之初，浮世繪版上已請高明做過精采描寫，我就不妄加贅語，謹摘要如下——

前輩作家廖玉蕙說：「在多次擔任文學獎評審的會議裡，他的文章總引起相當的注目。熟練的文字及所映襯的哲理間，潛藏著忍不住的滄桑。他的每篇參賽作品，幾乎沒有例外的，都很快獲得評審委員一致的青睞，得獎對他而言，簡直如探囊取物。評審都揣想作者一定是位洞悉人情、飽經世故的老頭兒，照面時，真是吃了一大驚！怎麼竟是位冷面飄香的俊美書生！徐國能的文章，顯示了和他年齡絕不相當的冷靜成熟、蘊藉包含，很容易便讓人將他和一般的新世代寫手區隔開來。」

他師大博士班的同學陳大為說他常有過人的見解，和過人的幽默：「沒有比書生一詞，更能夠貼切地形容我第一次跟徐國能聊天的印象。但他並非騎馬倚斜橋的那種書生，有點仙風道骨的小國能，居然騎一頭像犀牛般魁梧的超重型機車，有五分哈雷的樣子，真是帥到不行。書生的馬上風姿遂有十步殺一人的氣勢。」

而徐國能是這麼自我介紹的：「我的家庭較為單純，比較特別的地方是一家人都喜歡看書，所以從小就有閱讀的習慣與興趣。我的中學時期正好是升學主義巔峰的最後幾年，大部分的課程我都覺得乏味，因此成績很差，大約是全班最後一名。」

至於他對中文的情感，簡單概說則是：「我國文學論理宏肆而抒情含蓄，特別重視比興寄託，對人生的解釋代表了整個民族與文化的情感與智慧，無論在藝術上或是哲學的層次上都有令人驚嘆的成就。我國的文學總能在失意時給予人安慰與鼓舞；得意時給予深省與超越。」

我想，徐國能所寫的並不只是一個發揚中文的專欄，透過那些靈秀端莊的文字，相信他同時也為社會注入了一股久違的清逸之氣。

最後我要代表浮世繪版的工作同仁陳斐雯、鄭至勤、李永平，感謝徐國能、也恭喜他的專欄集結出版。

——二〇〇五年四月十四日

（本文作者為《中國時報》副刊浮世繪版主編）

# 文化雲遊

# 花鈿委地的中文

這幾年臺灣想與世界「接軌」，表現在現實生活裡最明顯的是鼓勵大家學英文，除了雙語幼稚園林立的景觀外，小學英語課程是否向下延伸，大學生的英語程度有多糟，英語該不該成爲官方語言等等，都成爲新聞話題。不過會說英文是不是就能與世界「接軌」，顯然是值得懷疑的。市面上出現了「全民英檢」這個活動，顧名思義，「全民」兩字不禁讓人想起SARS期間的全民量體溫一般，似乎要鋪天蓋地篩檢出不會說英文的人，好好加以救治。

學英文當然是件好事，理解文化、增益溝通、促進友誼乃至於交流合作。但英文在我國畢竟不可能取中文而代之，而我們卻沒有看見誰要爲江河日下的中文程度說說話，或是建議來個「全民中檢」，爲我們的語文程度規劃出一個具體提升的辦法。

中文程度不好，一來容易鬧笑話，像某報報導貝克漢與妻子維多麗雅生活豪奢，夜夜大開「鴻門宴」，殊不知「鴻門宴」是指殺機四伏、不安好心的政治盟會；又有同事無奈地說，他的學生在報告中寫：「非常佩服老師的『不學無術』」，眞不知該生是何居心。不過這些都是小事，就像英國首相布萊爾錯將 tomorrow 拼成 toomorrow ，大家莞爾一笑也就算了。眞正的問題在於溝通與理解的障礙，在電視上，一位學者批評連雅堂作《臺灣通史》，說裡面有一篇「ㄒㄧˊ文」是連雅堂自己杜撰的，電視字幕打出「習文」兩字，讓人一頭霧水，不知「習文」是什麼(我猜或應是「檄文」之誤)，又爲什麼連雅堂先生當年要僞作一篇這樣的文章？而小學生的數學考卷題目說：一位樵夫上山砍柴，若干爲一束……，結果一群小朋友既不懂什麼是「樵夫」，也不知道「柴」和「若干」爲何物，數學當然也就不用作了。

語文是一切的基礎，英數理化，沒有良好的語文基礎，學習起來都事倍功半。而中文裡面，許多精鍊的辭句、嫺雅的文藻，代表了對文化深會於心的體認，行文中偶然爲之，不僅能更準確地使讀者會意，更表現了作者才識而增加說服力。可惜在利祿的時代，這些珍貴的文化財產，泰半「花鈿委地無人收，翠翹金雀玉搔頭」了。

「接軌」是一個浪漫的名詞，給予了兩方的暢行無阻的順捷想像，但任何軌道都是要鋪設在堅實的地基上的，在企圖與世界接軌的同時，我們不妨先測量一下，我們支撐鐵道的路基是否已隨時代風雨而漸漸流失。

# 世說・新語

張愛玲說教書很難，又要做戲，又要做人。此話不假，只是現代的老師做戲做人之餘，還要跟得上時代去理解學生慣用的語彙，課堂上才有對話的可能。老師的笑話會把北極熊「冷」死，小說中的某某人物很「機車」，下課後的休閒是組隊去「打怪」……。所幸我略曾耳聞這些時代新語，目前除了弄不懂「2266」是什麼意思，其餘大概都曉得所指爲何。

有時對這些不知道從哪來的語詞頗有反感，深究原因，大概是我覺得這些詞彙通行於次文化，但不應是嚴肅的課堂討論所該出現的語言，而學生們這麼堂而皇之地使用，似乎是不願意進入我的語言體系，反而要求我進入他們的語言當中，甚至進一步理解或認同這套語言背後的行爲及價值觀，這總讓站在講臺上的我毛躁與焦慮起來。

不過每個時代都有屬於她的新話語，只是有些被時光的河流所沖散，有些則沉澱下來，漸漸生動與豐富了平穩的語言之湖，使語言充滿生命，更能貼合新時代的觀念與行動方式。近讀義大利學者馬西尼所著《現代漢語詞匯的形成》，裡面舉出了許多我們今日每天掛在嘴邊的詞彙，如：政策、證券、鐵路、動產、傳染病、平權、協會……等，都是在近代受到外來語(尤其是日本)的影響而形成的民族新詞，這些詞彙，所改變的不僅是說話的方式而已，似乎也象徵許多觀念的遷移。不過在馬西尼的整理中，許多流行於十九世紀末葉的語彙，像：公師、蛤蟆炮、寒暑針、畫報、量天尺……等，現在似已乏人使用了，偶然讀到，依稀可見斑剝的舊時代風韻。而當今滿街跑的「宅急便」，中午吃的「御飯糰」，還有「麻吉」的信用卡，大概也是值得追蹤的外來新詞語，不知他們將會凝定下來豐富漢語，還是只隨著一時的流行風氣而漸成陳跡？

看了許鞍華導演的「男人四十」，張學友飾演的國文老師執著傳統文化，

〈赤壁賦〉讀來情韻盎然。但他上課時卻也不免要與時俱進地用學生的語言哄大家乖乖聽講，談到〈孟子見齊宣王〉篇，說胡齕是孟子在齊國的「線人」，論魯迅則說他是最早去日本「掃貨」(購物)的帥哥，失笑之餘，心中卻也不免深深地憮然了。

# 樹猶如此，人何以堪

都說文學無用，古典文學似乎就更加無用了。

有的時候，政治人物仍愛風雅一番，多年前兩岸會談，代表們用了「千里修書爲一牆，讓他三尺又何妨」來形容斤斤計較於現實爭論的滑稽；又有廢省前宋先生用了《紅樓夢》裡「機關算盡太聰明」來隱射政治鬥爭，近來則有蘇縣長說了「英雄多出屠狗輩」來況喻時事。這些時候，古典文學，尤其是詩詞裡的含蓄、多義與簡鍊等特色，似乎深深地契合了複雜的政治語言，這些介乎「有意無意」間的詩句，一來留下了許多詮釋空間讓傳媒去猜測、去衍生說話者的底意，使說話者能夠順風駛舵，見勢而爲；二來也避免了對手抓住語病或是提起誹謗告訴的麻煩。

雖然我國自古有「斷章取義」的習慣，或是「誦詩三百，授之以政」的實用傳統，不過總覺得古典文學被運用在這些場合是有一點斯文掃地，畢竟文學如果只賸下了朝野間明槍暗箭的言語機鋒，那麼文學藝術裡美的要素勢必將蕩然無存了。因此如何在當代去留住那一份古典美，實有可思之處。

重新看了一九九九年白先勇的散文〈樹猶如此〉，文中藉由園裡的茶花與三棵柏樹，寫出了一段天長地久的友情，好友手栽的巨柏驟然枯萎，象徵了一個堅毅生命的死亡，而滿園茶花盛開，似也點染了作者在繁華世界裡所獨有的孤獨情懷。白先勇用「樹猶如此」爲題，語出辛稼軒的〈水龍吟〉：「可惜流年，憂愁風雨，樹猶如此。倩何人、喚取紅巾翠袖，搵英雄淚」，而辛棄疾詞中則是用了桓溫北伐，見多年前栽在金城之柳皆已十圍，而曰「木猶如此，人何以堪」的故事。白先勇〈樹猶如此〉一文伏線千里，這一個題目竟也環扣了「流年風雨」、「手栽樹木」與「人何以堪」等三個層面，分別表現在好友間的「成長相識」、「共治園圃」與「樹亡人去」的人生經歷，可以說是借古喻今，亦可以說是以今日之事，重新詮釋了古典詩詞的一番意境。

古典與現代的融合表現了作家對固有文化的深厚修養，也表現了對自我生命的深刻照見與現代語言的駕馭自然，這些都是值得爲文者去揣摩的境界。不過，話說回來，觀諸當前政治人物對於援古諷今的熱中，也讓我想起白居易寫的〈對酒〉一詩，或許可以做爲憂愁風雨的參政者之借鑑：

蝸牛角上爭何事？
石火光中寄此生。
隨富隨貧且歡樂，
不開口笑是癡人。

# 文化的魚龍秋江

我常覺得歷史與文化是一個民族的無盡藏，當我們回顧那些歷史教訓，或是思考先哲的一言一行，自能得到許多在當代無法體認的人生智慧。我很喜歡「汲古潤今」這句話，沐泳在時間的長河，我們短促的一生總能因為過往生命的參與而顯得豐饒與燦亮。

認識固有文化並不是抱殘守缺的「好古癖」，而是去理解沉澱在我們內在的核心價值，進而增益彼此的溝通。最好的方式就是從閱讀古典文學作品開始，從美的欣賞到理的分析，循序漸進地將傳統的美感與理性內化為人生的一部分，成為基礎，再以此去面對多元的世界文化，進行所謂之交流與匯通。倘若我們自身連一些基礎的文化根柢都是那樣的薄弱，那又如何能判斷世界文化對我們的意義何在，進而擇此棄彼呢？

但我們當前的教育卻似乎反其道而行，中學國文大幅增加現代文學的作品而刪減了古典文學的內容，據我的觀察，決定刪去哪一篇古典文學，與決定要採納哪一篇現代文學，其困難度是相當的。因爲古典文學裡好作品太多，假設一課裡面選兩闋詞，你要從李後主、蘇東坡、李清照、柳永、周邦彥與辛棄疾中刪掉誰呢？又要從〈水調歌頭〉或是〈江城子〉中再刪除哪一篇呢？怎麼做都有些遺憾吧。雖然現代文學裡具藝術性有啓發性的佳篇也不少，但爲了滿足那麼多的篇幅，有時必須選入一些不是那麼好的詩文，也眞令人躊躇。

事實上，我是一個現代文學的愛好者與創作者，也夢想有一天我的作品成爲教材，但是我仍強烈的懷疑，用許多未經時間淘選的現代文學作品，來替代那些歷千百年而不墜的古典文學，我不知道這樣對學生的語文程度、美感情境與文化涵養有正面或負面的影響。理論上，中學的國文課並不是爲大學中文系培養人才的地方，但是卻必需教給學生閱讀的能力與培養欣賞的興趣，使他在畢業後，無論理工法商，都能保有閱讀的習慣，並從閱讀中反省時代文化，體認人生的價值，成爲有深度的現代人。

我不知道那些規範課程的官員有沒有什麼拐彎抹角的心思，或者眞是要應付考試、教學上的困難不得不如此。但這幾年下來，拜教改之賜，在大學裡見到的景象是：大部分的學生不僅對古典文學與傳統文化生疏排斥，對現代文學也缺乏興趣，更談不上理解，調查一下，發現大學生逛書店的時間不多，每月買書的預算少到近乎沒有(而手機費則是幾百到幾千)。面對如此料峭的文化氛圍，心中的感慨，大約頗似老杜「魚龍寂寞秋江冷，故國平居有所思」的蕭然了。

# 古今詞義大不同

文化是民族的無盡藏，而文學往往是表現文化的重要層面，我們要理解傳統文化的精義與價值，並且在其中得到指導我們人生的智慧，多閱讀古典文學作品應有極大的幫助。不過現代人閱讀古典作品，有時因爲時空不同，體會上難免有所困難，像「遶床饑鼠，蝙蝠翻燈舞。屋上松風吹急雨，破紙窗間自語」（辛棄疾‧清平樂），這樣的景況恐怕不是現代都市裡能出現的，閱讀時必須要透過一些想像，才能體會詞人在這般環境中，感慨「布被秋宵夢覺，眼前萬里江山」的胸襟。

現代人閱讀古典文學的另一難處是語言上的障礙，這包括了文法的迴異，虛字的使用等，而古今「詞同義異」的情況，可能也是問題之一。如「反正」

一詞，在古文裡是改邪歸正、棄暗投明的行爲，而現代語中「反正」則是語氣副詞，指「無論如何」的態度；又如「設備」一詞，古文中意味「籌劃軍備以防敵人」，《三國志》中云：「勒兵設備，馳召東郡太守夏侯惇」即是此意，這與我們當今所指各種陳設或器具的意思眞可謂南轅而北轍。另外像古時「同年」指同榜中舉的人、「消夜」是度過晚上的時間、「致命」是爲致詞，都與當今的通義有別，如果未能熟諳這些語詞含義，讀古文古詩必然一頭霧水。

說實在，要解決這個問題並無捷徑，只能藉著勤查多讀來慢慢融入古人的用語當中，像大陸吉林文史出版社出版的《中華古今辭義對比辭典》就是很好的工具書，值得一看。在理解古文語詞的過程中，其實也可深切體會我國語文多樣而巧妙的用法，如司馬遷寫荊軻刺秦王，將匕首藏在捲起的地圖中，行文至「秦王發(徐徐展開)圖，圖窮(完全展盡)而匕首見」，聊聊數字即囊括了一個漫長的動作，「發」字、「窮」字罕見於當今的用法，卻簡潔生動地傳遞了關鍵性的動作，這是太史公文字上的成功之處。

理解古今字詞在意義及作用上的不同，除了有助閱讀古典作品，同時也對

## 031 古今詞義大不同

白話文的寫作有益，因爲有些難以形容描述的情狀，稍用古義即有滋味。如前幾年「人間四月天」流行的時候，大家都說「許我一個未來」，「許」字作「應允」、「承諾」解即是古義，與當今之「也許」、「容許」意義大不相同，但影片對白這般使用，不僅無礙傳達，反而更增添了風韻而成爲佳話。

# 校園文學的希望

最近參與了幾個大學校園文學獎的評審工作，面對青春洋溢的文字，深切地體會到畢竟還有一群年輕人，以嚴肅的態度在追尋文學的理想，這也讓我彷彿回到昨日的文學夢中，想想過去大學時代，常爲了一篇稿子的優劣與好友爭得面紅耳赤，也許文學就需要那種傻勁、那種堅持。

各個學校的散文參賽作品幾乎都可分爲「寫實派」與「抽象派」兩類，「寫實派」總以平實的手法描寫親子或兄弟姐妹間的感情，溫馨而動人；「抽象派」則以詩意的語言、跳躍的筆法來探討一些形而上的問題，如孤獨、生命、死亡或寫作等，較有嘗試性。在比賽中，雖然有時我對「抽象派」較爲心儀，但寫實的作品獲勝的機率總是比較高，也許是因爲那樣的感情是作者所熟悉的，因此較能刻劃完整，並從細密的描述裡打動有類似經驗的讀者；而要求一位二十歲左右的青年，在死亡或寫作等巨大議題上有過人的見解，其實也是不容易的事。因此這類寫手就像挑戰風車的唐吉柯德，雖然註定失敗，但勇氣仍然值得嘉許。

面對學生討論作品時總會遇到一個問題，就是在創作時，如何在平淡的校園生活中與有限的生命經驗裡，找到創作的題材與觸發的靈感？

我總以為，無論多平淡的生活，其實都有可供回味的一些片刻，把當下所見的人事物對比於回憶，自能體會在不同的時空裡，那些色澤、氣味或音響的改變，進而捕捉到某種神秘的感動。而我們之所以有文思枯竭的時刻，原因並不在於無法寫出某個情境，而是對於那樣的情境喪失詮釋的能力，不知道它對我們生命的意義何在？而這個問題的根源，是在於我們沒有時時刻刻記存曾經經驗的一切，如果隨時以警敏的心去觀察這個世界，不斷從記憶裡賦予這一切特殊的自我意義，那麼自然能在平易中看見無限的深邃。

就像王安石中年拜相，來到了少時曾經過的「西太一宮」，不禁在粉牆題了：「三十年前此地，父兄持我東西。今日重來白首，欲尋陳跡都迷」的詩句，我不知道王安石的少年陳跡是否包括了天眞的情懷？亦如我在校園的文學獎裡，似見自己昨日那焦躁的文學衝動急著找尋出口；而在校園寫手那些熱切的眼光中，似也預見了一個美好的文學時代即將降臨。

# 文化是寫作的沃土

九十三年大學指考在暴風雨中落幕，這次指考國文作文題目是「偶像」，如果考生能體會〈正氣歌〉裡「哲人日已遠，典型在夙昔。風簷展書讀，古道照顏色」的悲涼與崇高，那麼就能闡釋所謂「偶像」這個現代辭彙的深意了。

在好奇的記者詢問下，教育部杜部長說他的偶像是提倡白話文的胡適，並且進一步說現在高中國文教材中，文言文的比例偏高應予調整。根據中央社簡短的報導，教長倡議增加白話文的理由約有：白話文讓人的思考比較活潑、文言文太專業，應待大學再研究等。總而言之，教長認爲提高白話文比例可以讓學生「體會白話文的創意」並「培養寫作的興趣」。

如果記者的報導無誤，那麼教長的理論或有可商榷之處。

舉例來說，「白話文讓人的思考比較活潑」這個說法就很奇怪，思考是否活潑與讀什麼文根本無關，而在於是否處在一個開明自由的風氣底下，各種另類的想法有沒有得到尊重或是鼓勵。文言文裡也有許多活潑的思想，像《莊子》遨遊天地釋放人生，《世說》表現從容優雅的風度，現在來看仍是十分前衛的。

說實在，以一個寫作者的經驗來說，我不贊成高中國文再降低文言文比例。其實白話文易讀好懂，儘可鼓勵同學在課外多加閱讀；而國文課的時間，則應透過專業教師的講解，去接觸涵攝我國文學精髓與文化核心的作品，而古典文學的價值也就在這裡。透過古典文學的閱讀，將有助於認識民族的美學觀點與文化特質，如此我們理解歷史才能透徹，思索處境也才周到，就寫作而言，這樣的作品勢必更具深度與廣度。日本兩位諾貝爾文學獎得主川端康成與大江健三郎，前者表現日本傳統文化的靜美與和諧；後者表現對日本文化中曖昧性的思索，都得到了世界的迴響。我想若不是對傳統有深厚的體會，絕對寫不出這樣燦爛的作品。而我們如何期望一個文化的漂泊者能成爲世界級的作家？

故此，教長既然認爲「培養寫作的興趣」是中學語文教育重要的一環，那麼更加不應奪去學子領略傳統、接觸文化的機會，因爲這種機會，在現代臺灣社會中已是愈加稀薄，高中國文六冊，文言文也不過剩下廿七課了（白話文是三十一課）。文言文不是頑固的封建教條或死板的之乎者也，它包含了江上的清風廟堂的憂國，有永恆的喟嘆與高貴的追求在其中。敬愛的部長，或許我們可以考慮將這樣的文化瑰寶多留一些給子孫以及人類全體的文明。適之先生應該會懂得這番苦心的。

# 上一代的讀書人

上一代的讀書人沒有大量的補助經費申請研究助理，沒有電腦網路檢索系統，也沒有現代這麼方便的資料庫與叢書，但我卻覺得他們學識淵博且識見不凡，隻字片語都是知識之路上引我向前的明燈。上一代的讀書人生活未必富裕，也不見得人人都有「學而優則仕」的機會，但是他們卻都有執著理想的熱忱，與對國事純淨的關懷。

日前見報載八十四高齡的柏楊語帶哽咽對著高官極言國是，我明白上一代的讀書人，對國對民都有一份更深的使命感，他們的人格與智慧，一如《論語．述而篇》裡面說的「用之則行，舍之則藏」，我不知道他們是否始終無怨無悔，但我相信上一代的讀書人至少盡其在我。

我生長的時代，《論語》是中學考試的教材，是大學中文系研究的學問，但也許上一代的讀書人，更視《論語》爲生活的指引，價値的判斷標準。

柏楊引用《論語．述而篇》中「暴虎馮河」的觀念勸總統不可莽撞躁進，暴虎，徒手與老虎搏鬥；馮（音ㄆㄧㄥˊ，意同憑）河，就是涉水過河，都指有勇無謀的匹夫。那時子路問孔子倘若隨軍作戰，希望跟怎麼樣的人在一起？子路此問，也許希望孔子回答願意和他這種豪爽勇決的人在一起。不料孔子卻說：「暴虎馮河，死而無悔者，吾不與也」，暗示子路雖然果敢英勇，卻欠缺思慮，因此「不與」，就是不和他結伴同行。不知柏楊老先生用這個典故，是否也暗示了有智慧的人，必然不會支持空泛的理念或不考慮後果的政治行爲。

另外柏楊老先生也盼望總統能將選舉中的政治對手視爲「友直、友諒、友多聞」的「諍友」，這眞是一種胸襟與氣度。若將來自對手的批評，都視爲砥礪與督責，那麼政治人物便會用更高的標準來要求自我，政治自然清明。「友直、友諒、友多聞」也是《論語》中的智慧，但孔子也特別說了另外有三種：逢迎諂媚、表面恭維與信口開河的朋友，最要不得。但政治人物總有一些權力的不安，因此很難聞過則喜，往往喜歡聽些好話，因此這類「損友」總是緣攀左右。柏老沒有講出損者三友，應當是信賴總統的智慧與幕僚的人格，這雖嫌迂腐，但畢竟是上一代讀書人敦厚之處。

秋風漸近，燈影依稀。我們這一代的讀書人在各單位的補助下出國開會或完成種種研究，但我不知道自己究竟關切的是什麼，又成就了什麼？有時閒讀《論語》，捫心自省，「故國遙瞻雲遮月，人生眞似浪淘沙」，上一代讀書人的身影，也許就在那雲月那浪沙中了。

# 遇見100%的作文老師

我最近發覺明清詩人與唐朝詩人有個很大的不同，明清詩人也許自己的詩並不作得那麼好，但卻好爲人師，喜歡指點他人寫作。在明清詩話中這類似通非通的理論特別多：「律詩重在對偶，妙在虛字」、「律古五七言中凡粗字纖字俗字皆不可用」、「用事之法，實字虛用、死字活用、常事翻用、舊事新用」，看來好像都有幾分道理，細思卻又未必盡然；而唐朝的李白、杜甫、王維或李商隱，名句佳篇不可勝數，但卻很少提出這類指導創作的意見。有時我不禁想，是這些大詩人刻意隱藏了獨得之秘，還是眞要到了詩道衰微後，才有這些經常被斥爲末流的創作教學理論出現？

「文學創作」究竟能不能「教」，這個問題一直深深困擾著我。

若說創作是教不來的，那我們站在寫作班的講臺上費盡心思豈不枉然；若說創作得由教而成之，那麼爲何我們沒有教出第二個徐志摩或張愛玲？

這讓我想起小學時代班上有位同學，他每週六在知名的作文班上課，有時文章還會登上《國語日報》，在朝會時被校長拿來表揚。寫作文時，老師也常請他朗讀自己的作品以爲大家楷模；不用說，他當然也是作文比賽的常勝軍。當時我們都認爲他作文寫得好是因爲上了補習班。但他長大後並沒有成爲一位作家，這位贏在作文起跑點上的同學似乎中途轉了方向，並未跑至終點。難道是作文班教壞了他的興趣？

思索良久，我終於還是說服自己，文學創作理應是可以教的。

成功的作文老師，第一層次在於帶領學生理解各種文體特性、修辭手段等基本工夫；第二層次則是透過好作品的導讀，認識那些基本工夫在名家手中自如運用的靈活生動與強大效果，這就像是古代許多詩文選本，常有評點與圈畫，好句打圈圈，劣句整段畫掉，讀者邊讀邊想，自然能夠領會其中奧妙。第三個層次則是實作的修改，指出作者自己看不見的缺點。

不過，我覺得最重要的，若是一位老師能引導學生認識天地萬物的眞情至美，並給予學生浩然的胸襟與洞悉人世的睿智，其實不用知道上面那些，提起筆來也自然有好文章出現。就像義大利電影「郵差」的情節一樣，詩人聶魯達在平易的相處中「點化」了粗識文墨的送信人，使他從平凡渾沌的世界裡，進入了星空、海濤、風聲的詩的純美世界，聶魯達之於郵差，可說是100%的作文老師，但不知我輩何時有幸遇見？

# 日暮聊為梁父吟

臺北市長馬英九在行政院會上，一口氣更正了教育部與帛琉所簽訂的英文文書中十來個拼字及文法的錯誤，這無異給了這兩年嚷著要國際化，甚至要將英文當成官方語言的政府一個泠然的諷刺。在新聞的背後，讓人感傷的是我們這幾年的語文政策，不僅全民英文看不見什麼進步，倒是中文程度慢慢地退步了。

語文的長進不是一朝一夕的蛻變，而是日積月累的工夫，其出發點在於對語文本身的尊重，以及對語文所代表的文化有所孺慕。因此有人說翻譯之所以困難，其實並非完全肇因於語意的隔閡，文化的阻礙可能才是眞正原因。而今天我們想要藉著加考個作文來提升中學生的語文能力，眞是緣木而求魚了。提升語文能力最好的方式，就是長期生活在充滿文化意象的環境裡，不幸這樣的環境在臺灣正慢慢地消失，物慾洪流淹沒了現代人心靈的孤島，急功好利的社會難以暫緩腳步來品味文化之美。就像考試院以公務員不必服務大陸地區民眾爲理由，主張本國史地考試出題範圍不應及於大陸地區。但我以爲一國之文官，不僅提供基層民眾速捷的服務，也可能慢慢晉升爲政策的決定者，倘若他能透徹理解歷代興亡之因由，並從中體會歷史滄桑所給予後人的教訓與智慧，那麼必定有助於管理與決策，我們何必這麼短視地以服務對象的地區來排除傳統文化的濡染與訓練呢？

語文也是如此，我們固然沒有眞正在西湖七月半時玩賞過月華，但對張岱〈西湖七月半〉這篇短文中所描繪的虛俗世態也能有所反省；雖然並未登上飛來峰，但一樣可以有王安石登山時「不畏浮雲遮望眼，自緣身在最高層」的胸懷。這些或許不能爲我們立即賺進外匯，卻能提供更宏觀的思考藍圖。

重讀了白先勇的〈梁父吟〉，小說中藉祖孫三代描繪出近代中國文化的轉變，以殺伐建功立業的黨國元勳凋零在《金剛經》的懺悔中，而世故的中年人則一味洋化，隨西潮而遠逝，唯有第三代慢慢從西方回歸東方，重新找到傳統價值的美好。白先勇似乎對這種文藝復興式的文化回歸有頗為樂觀的期待，但我想若是我們的社會不能拋下凡事實用為尚的觀念，並且仍然因為政治的紛擾而波及文化，我倒是覺得那傳統的文化品味，只是漸漸成為薄暮中故國遺老的微吟輕喟。

# 美好人生的起點

錢鍾書是我敬仰的大學者，隻字片語，都能在學術上給我無窮啓迪。然而他更讓人羨慕的，也許是楊絳女士在《我們仨》這本書裡回憶錢鍾書對閱讀的無窮興趣，說他：「讀書還是出於喜好，只似饞嘴佬貪吃美食……極俗的書他也能看得哈哈大笑，戲曲裡的插科打諢，他不僅且看且笑，還一再搬演，笑得打跌。精微深奧的哲學、美學、文藝理論等大部著作，他像小兒吃零食那樣吃了又吃，厚厚的書一本本漸次吃完。」好的文學作品是雅俗共賞的，而眞正會讀書的人，對書何嘗不也是「雅俗共賞」？

世界何其平凡而人生何其無奈，但我總覺得閱讀是我們的忘憂劑，能夠將疲倦的靈魂從泥淖般的生活中引領至另一個淳美的異想世界中，閱讀，也可以說是美好人生的小小起點。然而閱讀的習慣、閱讀的興趣以及閱讀後的理解與吸收，並不是與生俱來的，而是在成長中日漸累積，緩慢訓練而成的。這種語文訓練，不僅在於提升識讀字詞或組織章句的能力，同時也有助於體會他人情意，並藉此訓練表達自我，當一個人能夠體會「好鳥枝頭亦朋友」的詩句，應該也很容易「落花水面皆文章」吧！因此我們傳統所謂的「讀書人」，並非抱著典籍死啃的傢伙，而是指氣質溫柔敦厚，人生充滿理想但絕不流於顢頇的知識份子。

但這樣的知識份子似乎日漸稀少了。有時我覺得我們社會十分富裕，但人心空洞得可怕，不知這是不是因爲閱讀興趣的消失與閱讀品味的庸俗化所致。更令人憂心的是，我們各級學校的語文教育卻日漸萎縮，除了高中國文一再減低時數外，最近看到一份資料，說臺灣小學生一週的「國語」時數，低於法國、日本、南韓、新加坡，只有中國大陸的一半。在有限的時間中，要認識字彙、學習造句、理解文意及準備考試，這樣促迫的課程中如何能讓孩子更精細地體會這些語文中的情感，並且找到閱讀的樂趣呢？

語文雖然有它的文化意義在其中，但對於大多數的人而言，語文其實並不是什麼神聖的象徵，反而說是一項奇妙的工具可能更實際一些。這項工具近則傳情達意，遠則傳道立言，雖然不能通水管開罐頭，但能善加運用這項工具的人，卻能有效疏濬人與人間思想和感情的鴻溝，並且開啓人類文明的寶庫，獲得更豐富的人生。因此我們應該設想一種教育，讓孩子見了書就像「饞嘴佬見了美食」，一本一本地吃完它們。既然人類無法生而擁有一雙翅膀，何妨將張開的書頁當成翱行天地的滑翔翼，帶著我們的心靈飛到世界的遠方。

# 字的故事

我很喜歡西方史學家葛萊斯東(W. E. Gladstone)所說：「在石頭上刻一個字，當然遠勝於在沙或水上寫下千言萬語」。昨天在歷史博物館參觀了「漢字與人生」的展覽，莫名地又想起了這句話。深冬的寒潮將植物園的黃昏染得格外蕭瑟，展覽館中透明的玻璃下，是千年前的刀痕斧鑿，一筆一劃或許是談戰爭的吉凶，或許是向鬼神詢問降雨的消息，骨片、石板、銅器上的文字，彷彿是一個被保存了幾千年的秘密，至今猶不肯透露那充滿神秘的答案。

我國可以說是世界上最熱愛文字的民族，生活中到處充滿了文字的身影。西方當然也有名人手跡的典藏傳統，但他們收藏的原因是在於「人」的重要而非「字」的美麗。我幾乎沒有見過在畫面上題詩或寫下創作動機的西方繪畫，但這卻是國畫的基本元素。而我國古時的宅第園林，亭臺樓閣等建築，總要有楹聯匾額的妝點，正堂或書房也必然有書法作品的展示以彰顯主人的人生理想與藝術品味；而作爲食器的碗盤筷杓，也經常寫下文字來表現其特殊的意義，或經營起一種文藝的趣味。在這些時刻，中國人並不會含蓄地用圖案、顏色或線條來暗示其意義，而是直接用文字表現出作者的想法與使用者的心情。這種現象，我想一方面是來自於我國文化喜愛對萬事萬物賦予特殊人文意義的傳統，另一方面則可能是我國文字本身的美麗，使得文字本身也產生了積極的裝飾作用。

我國文字書寫除了表現個性，組織架構間的勻稱其實也是一種力學的展現。杜甫曾記載當年草聖張旭苦於書法難以突破藝術瓶頸，有一回觀賞了一位女舞蹈家的表演後，竟然書藝大進，我想他便是從舞動的肢體中覺悟了力的揮灑方式與線條的可能變幻吧！近年雲門舞集以舞蹈來表現我國書法之美，恐怕只是襲人故智而已。

據說傳統時代，寫過字的紙張不能輕易丟棄，要收集到廟裡小心焚毀，這眞是對文化的無限禮遇了。近來看了一部美國電影，說一群快要凍死的人，爲了是否拿尼采的書燃燒取暖而爭辯了起來，能注意到這樣的問題，誰又能說美國沒有文化呢？當今臺灣是個資訊氾濫的社會，每日文字從各種載體鋪天蓋地而來，成了最廉價的東西了，我們很少再去深思一些字的意義，或是欣賞那創造者的巧思與書寫者的筆法。夏宇有一篇散文說愛斯基摩人的交談方式是「把彼此凍成雪塊的聲音帶回去，升一盆爐火，慢慢的烤來聽」，其實我也很想升一盆火，照亮歷史博物館裡文字刀契的痕跡，並靜靜傾聽每一個字，傾聽它們對千年後使用電腦打字的我，究竟要透露什麼樣的文化祕密？

# 何「德」何能

日前臺北發生了大醫院不當轉診病患的爭議，這幾天，以前乏人論述的「醫德」一事，突然成爲評判醫生的第一標準。然而「德」是一個人人能識，卻不見得人人能懂的字，更進一步說，「德」是一個知易行難的字。

「德」在我國文化中有極複雜的意義，以道家來說，《老子》一書中將無形無跡的「道」顯現或作用於外物的狀態稱爲「德」，因此「德」所表現的，是支配自然與人倫的基本規律，有著無限神聖與崇高的意義。然就儒家來講，「德」在《論語》及《孟子》中皆有將近四十次的出現，主要是指一種美好的人格品質；這種人格品質說來抽象，我想是頗近於《周禮》中所說的「六德」，即：知(智)、仁、聖、義、中、和。這些德行，每一項都可以說是儒家最高的精神境界，凡做爲一個人都必須永遠追尋。

每一個文化每一種思想，都有最神聖的終極追尋，如禪宗之禪、道家之道，孔子之仁，孟子之義。然而我覺得綜合我國歷史文化觀之，「德」可說是我國文化的終極追尋之一，之所以說「終極」，是因爲那樣的境界是一個永恆的前進目標，而不是可被到達的目的地。就像禪宗不可能告訴子弟「這就是禪」；孔子也從未以「仁」許人，在我國的文化裡，除了自大的君王，大概也不可能有人自稱或被公認是「德」的完成者。芸芸眾生，都只是朝向「德」這座靈山緩慢前進的香客而已，因此誰都沒有資格否定別人追求「德」的信念與動機；更沒有立場懷疑他人修煉「德」的誠意與行爲方式。是故，在這次的醫療事件中，或許我們可以檢討制度對人性的磨礫；也可以批評醫師程序的違法或處置的失當，但若據此來否定其行醫淑世的道德追尋，那將是過於沉重的指控。試想我們自己又有哪些時刻，是完全無誤地達成了職業上與人生裡的道德標準呢？

「德」另外還有一個「恩惠」與「感恩」的意思，相較於道家論德的虛無、儒家論德的崇高，我心中更喜歡「恩惠」之德。那似乎象徵了人與人之間微妙的溫暖與互動，一些隨處可遇的小小幸福。但大多數的時候我從別人那裡獲取了這種恩德而不自覺，更多的時候我卻吝於付出這樣的德惠。倘若我們的社會能以孔夫子所謂「以德報德」的心情來奉獻自我，相信我們的整體生活，定將更加接近「至善之德」的理想境界。

# 倉頡的夢

# 誰是那隻猴子

曾經讀過一首有趣的詩叫〈猴子戲〉，詩曰：

一響鑼聲又上竿，此番更比那番難；
勸君著腳須較穩，多少旁人冷眼觀。

詩中一語道破爲人處世的艱辛，趣味之餘，不免有些令人感嘆。

我國詩文，不論古今，純粹抒情寫景的很少，大多都要談一個人生的哲理或是旨趣，中學時代專門論道說理的「論說文」是可怕的，不僅是嚴肅宏偉的理想使人望而生畏，枯乾的言辭更彷若朝會時校長的訓話，冬晨夏午，經常就那麼昏昏欲睡地蹉跎了美好的國文課時光。仔細想來，這些作品最大的問題，就是缺少一個鮮明而機智的隱喻來表現那些值得思索的人生道理，而我想這也是文學與「國文」間的一個小小差別。

其實大凡優越的哲人，都善於運用比喻來點化世人，像孔子面川而嘆，以逝水想像過往的時光，在流動的意象裡眞使人驚懼那奔逝的生命是如此巨大，因而要去珍惜手中還握有的歲月；又如莊子善思善喻，用庖丁解牛的過程說明全性之道，使讀者在神觀一場奇技之餘，也體會了處世應游於恢恢才能自保的哲學；另外像禪師的磨磚、棒喝等這些行動式的隱喻，都是最成功的例子。因此作文凡涉說理，最好都能以妙喻出之，在趣味的敘述中，完成「理」的闡發，亦使讀者因此覺悟，留下難以磨滅的印象。

〈猴子戲〉這首詩講的是人生的辛酸，鑼聲既響，猴子並沒有選擇上不上場的自由，而觀眾買票進場，看見猴子完成艱鉅的任務固然拍紅了手掌，但看牠一個失足，一個出醜，又何嘗不是一種痛快，人心總是如此。何況此番雖過，下回必有更高難度的挑戰來滿足看倌的胃口，不容拒絕，也不能逃避。而這樣的故事豈非二十一世紀現代人的寫照？或許我們只是把這些無可奈何美其名曰「自我挑戰」罷了。

觀眾就位，鑼聲若響，冷眼的依舊冷眼，那走在百尺竿頭的表演者，腳步還眞要穩著、穩著吶！

# 一字師

文章警鍊，最重下字。古人作詩，由於文簡意深，因此每一個字都必須發揮最大的作用，故有「鍊字」之說。「鍊字」常在動詞與形容詞上下工夫，有時是求更能貼近作者的思想，有時是希望造成讀者新奇的想像，凡此種種考究，將文學推向了極度精緻的境地，像賈島爲了「僧敲月下門」還是「僧推月下門」拿捏不定，邊想邊行，竟騎驢撞上了文宗韓愈。據說韓愈主張用「敲」字，賈島欣然接受，所以韓愈可以說是賈島的一字師了。

古代這類軼聞頗多，如宋朝的蕭楚才把上司張乖崖的詩「獨恨太平無一事，江南閒殺老尙書」改成「獨幸太平無一事」，並說「天下一統，公獨恨太平何也？」一語點出了政治的危險與讀詩人的機心，「太平」應是慶幸而不該憾恨，憾恨太平的人居心何其叵測？這種文字的無限上綱古今一體地教人可厭與可怕。不過以今日的眼光來看，用「恨」字正表現出了作者質樸可愛的不羈胸懷，也能呼應下句「閒殺」（就是閒得要命）之說；而「幸」字則不免有些小里小氣的阿諛，帶著世故的警覺心。

白話文裡有時稍加錘鍊，也能收到不凡的效果，木心的散文〈煙蒂〉寫他一日清晨見兩個以撿拾煙蒂爲生的人，發現了馬戲團散場後的滿地煙蒂，「一老一小的臉上興奮之色可掬」，掬者，捧也。興奮的容光好像可以用雙手捧起，比起「一老一小的臉上充滿了興奮的表情」這種普通的寫法要生動許多。又如魯迅的小說〈非攻〉，寫墨子不辭艱辛勸服楚國停止攻宋，不料墨子成功後借道宋國返回北方，「走近都阜，又遇到了募捐救國隊，募去了破包袱」，募者，徵召也，似乎應該帶著一些自願性質的禮貌。但他們連墨子唯一的破包袱都要拿走，那就是「不樂之捐」或是強搶了，魯迅含蓄地用「募」字，諷刺了以救國爲名而巧取豪奪的行徑，眞是傳神。

文章鍊字，基本上需豐富自我語彙，才能自如運用，另外平日也應善加揣摩名家用法。中文裡許多字意極其曲折，不留心細想即等閒放過，終究不能體會「靈丹一粒，點鐵成金」的文學趣味。宋朝人曾茶山寫詩送給朋友：「白玉堂中曾草詔，水晶宮裡近題詩」，朋友建議改成「白玉堂深曾草詔，水晶宮冷近題詩」，才動兩個字，意境迥然超拔了起來。有這樣的「一字師」，眞好！

# 有趣的方塊字

舅舅去大陸做生意，說大陸上簡體字把「工廠」寫成「工厂」，「厂」字底下空空如也，就好像一個工廠裡連工人、機器都沒有，怎麼造得出貨物來？難怪生意不好做呀！這當然是笑話而已，不過也可以看出中國文字的特殊性。

我國文字由甲骨文、金文而小篆、隸、楷，歷經多次變動，近代楷體文字是否要簡化也曾經成爲爭論，簡體字便於速記，在新時代好像有其必要。不過簡化以後有些字聲符消失，乍看之下不易閱讀與聯想；又如「厂」，原字本讀成「ㄏㄢˇ」，意爲山石之崖，可供人居之處，是個象形字，但「厂」成了簡字的「廠」字後，它原本的意思似乎被排擠掉了。所以說字體簡化，不僅是單字的筆畫減少，許多罕用字也會因簡化而逐漸消失，那麼這些字所代表的歷史軌跡與文化意義也就難以保存了。所謂「爾愛其羊，吾愛其禮」，就文化的角度來說，繁體字實不宜過度地簡化。

從前大學時代讀文字學最花精神，除了各體文字辨識不易，還要理解我國文字的構成法則。我國文字以合成者居多，一個字的幾個元素組合方式約有：左右、上下與裡外，同樣是君子與羊，「群」字擺成上下式或左右式都沒關係，但同樣是一個人與一扇門，但人立門旁(們)與人蹲門中(閃)，意思就千差萬遠了。我國文字組合的方式往往也有美感上的考量，像「三點水」形狀狹長，所以適合造左右式的文字，因此「水」部多半是左形右聲，如「江」、「河」之類；「草字頭」形狀寬扁，最適合造上下式的文字；「門」部中央空缺，有其他的偏旁擺在門裡就最穩妥不過了。教我們課的龍老師在他的書裡舉了許多有趣的例子，至今仍然印象深刻，像「驫」(音ㄅㄧㄠ)字，在金文時代，反而是上面兩匹馬，但在寫成楷體時，卻成爲一馬當先兩馬隨後了。

我國利用特殊的方塊字形與單音節的讀音，創造了許多形式特殊的文學作品，像對聯、拆字詩、迴文詩、寶塔詩等，都是我國所獨具的文學形式，最厲害的是相傳爲蘇東坡利用字形變化所作的「神智體」詩〈晚眺〉：

這奇怪的文字寫的是：「長亭短景無人畫，大老橫拖瘦竹節。回首斷雲斜日暮，曲江倒蘸側山峰」，不知賢明的讀者，您看出來了沒有？

# 子虛、烏有的政治家

臺灣人熱中選舉但選風不佳，大選期間雙方人馬劍拔弩張各出絕招，一副要讓對方一招斃命的架式。這些摧心掌、奪命腿說穿了也不過就是揭人黑幕、挖人暗瘡的品格謀殺，說來說去，每天都有新花樣，日積月累，政客樂在其中，選民也不以爲奇怪，好好的民主制度竟成了幫派式的語言械鬥場，甚至可以讓人下注賭輸贏，如此民主，豈不哀哉？

面對抹黑與指控，政治人物有時開記者會，有時上法院按電鈴，不過他們最常說的，就是「一切均屬子虛烏有」。

「子虛烏有」典出司馬相如的〈子虛賦〉與〈上林賦〉，子虛是楚國使者，烏有先生則是齊國賢人，司馬相如將他們取名爲「子虛」、「烏有」，連同另一位「亡是公」，皆意謂這些人並不眞的存在。子虛奉命出使齊國，一日拜訪了烏有先生，說齊王對他誇耀齊國畋獵時的車騎盛大，而他則以楚王最小的獵場「雲夢」來回應齊王，力言雲夢的雄偉深麗及物產豐饒，似乎想要藉此壓倒齊國。烏有先生當然頗不服氣，立刻反唇相稽。當他們兩人正在唇槍舌劍地誇大自己國家的地大物博時，來了一位亡是公，這位老先生聽其辯論有感而發，講了一段天子獵場「上林」的故事。「上林」的廣大豐饒遠在齊楚兩國之上，裡面的珍禽異獸、怪木寶石更是不可勝計，而天子畋獵的儀仗威風、宴會的奢侈豪華，也不是齊楚兩國所能想像的。

司馬相如文筆極好，盡力鋪排，將「上林」之美寫到了極致。不過在〈上林賦〉的最後，亡是公說出了天子內心的感慨，他以爲這些奢侈享樂其實於國家並無益處，因此決定將獵場改爲農地以贍養百姓，並「發倉廩以救貧窮，補不足、恤鰥寡、存孤獨、省刑罰……」從事政治改革。這裡點出了天子不僅園囿壯美，且較之於齊楚兩國國君只會比較私人排場的盛大，天子雍容大度的胸懷更是遠在其上。

我不知道當前的政治人物在說「子虛烏有」的同時有沒有想起亡是公。

如果爲政者能多用一些力氣於恤苦救孤及擘畫國家長遠之計，而不是花費心思與大量的金錢在登廣告批評對手有多黑，或是煽動一些無聊的意識型態之爭，那麼臺灣的民主政治也許能更上軌道。否則，即使藉此一時贏得了政權，他的功業在歷史的評價裡，終究不過是「子虛」、「烏有」罷了。

# 人間清明四月天

四月少晴，自從唐代的杜牧寫下了「清明時節雨紛紛，路上行人欲斷魂」的詩句，從此清明節彷彿便該在煙雨濛濛中度過。寂寂青山，千家幡飛，清明節是一個適合追想與沉默的日子，遠處的鞭炮聲與墓前的鮮花，似乎都帶著一些潮濕，一些寂寞。

在古代，「清明」只是一個節氣而非節日。《淮南子》中就記載了：「春分後十五日爲清明」。這天之所以稱爲「清明」，據古人的說法是：「物至此時，皆以潔齊而清明矣」，意思是這天春日已深，萬物生長完備而欣欣向榮，充滿了清爽明朗的氣息。要知道清明後十五日即是「穀雨」，日子便慢慢轉入夏天了。我國廿四節氣中，在當代唯一晉升爲節日的只有清明，不知爲何，也許是因爲此日太美，或者最適合代表春天的某些情懷。

過去雖然沒有清明這個節日，卻有「寒食節」。

寒食節在曆法上是冬至後一百零五日，比清明節約早了兩天。這是爲了紀念春秋時代的賢人介子推，他不願做官而在隱居處被火燒死，因此人間在這天需禁火三日，等到了清明才重新點燃火種。故「寒食清明」在古代便成了一個有共通習俗的「連續假期」。這幾天裡傳統活動相當多，除了禁火，還要吃春餅、鬥雞、打秋千等，相當熱鬧。

寒食清明經常出現在唐宋人的詩詞裡，理學家邵雍說「人間佳節惟寒食」，這是看花飲酒與踏青的好日子，柳永在〈木蘭花慢〉裡也說：「乍疏雨，洗清明，傾城尋勝去」。至於掃墓這個重大的活動則很少有人描述，大約是至近代才興起的，因此不見於古人詩文。不過寒食清明雖是歡樂的日子，但不知爲何，感傷的詩句卻特別多，唐末韋莊的清明節是「遊人記得昇平事，暗喜風光似昔年」，說出了國政江河日下，回首昨日不勝欷歔的感慨；宋朝王禹偁則以「無花無酒過清明，興味蕭然似野僧」來寫出自己的落拓孤單。也許是歡樂的時刻最易引起竦然驚覺的大悲，詩聖杜甫人生裡的最後一個寒食節正老病江南，客旅於一條小舟上，他寫下了「春水船如天上坐，老年花似霧中看」的名句。那年大唐朝政日非，面對蕭條故國，春日依依，憂老的詩人感嘆：「雲白山青萬餘里，愁看直北是長安」，其中況味較於今日，恐怕不免也要爲之潸然了。

# 迂曲隱密的藝術

二〇〇四年一月四日的《民生報》登出〈文人相罵應改一改〉一文，本來，以爲此文在於勸導文人應互敬互愛，少造口業，不想此文旨在奉勸文人們在作品中批評別人時，最好能光明正大地指名道姓，而不是用「打暗號、比手勢、遞小抄」等方式進行。文中陳述指名道姓地罵人最大的好處一則是避免轉手傳播的誤會，另一重點則是讓當事人「要寄律師函，要寫文章回罵，都好決定」，看到這裡，除了十分欽佩作者泱泱之風，但也好奇到底爲什麼這些罵人文章都寧可用一個呼之欲出的指涉，而不肯痛快地說出姓名呢？

推論原因，我想一來是這些作者想自示清高，有點「隱惡」的傳統心理。你看你做了這麼多壞事，我還替你保密不說出來……。要是對方不知好歹跑來糾纏，那麼更是「入吾彀中」，一句「本文純屬虛構，某某既然沒作虧心事，又何必對號入座呢」，這樣似乎可以永遠站在勝利的一方。早年李昂寫《北港香爐人人插》引起了陳女士的憤怒，最後結局大抵如此。然而也有可能是眞的怕對方興訟，像虹影的小說《K》被指爲「影射」女作家凌淑華，官司纏訟著實讓虹影困頓了一番。一篇文學創作拿到法庭上成爲呈堂證據，要對法官解釋小說本質在於虛構、人物形象爲現實扭曲、重點不是故事本身而是所具意涵這套，大多數「化寫實爲虛構」的作家在實事求是的司法制度中大概是凶多吉少了，小說尚且如此，何況是指著別人鼻子罵的文章。

然我覺得眞正的原因另外有他，揭內幕、抖黑料、拆舞臺的罵人文章本自對於嗜血的讀者有吸引力，作者愈是迂迴曲折，愈能逗引讀者的好奇心，使大家在追蹤聯想、恍然大悟的過程裡體會當偵探的樂趣。這與傳統詩文喜愛用典故有某些類似的效果，也就是作者與讀者的內心有一個你知我知的秘密，進而形成同盟關係以增進閱讀欣悅感。這也是作者聰明之處，深深掌握了文學藝術的旨要，就如陳黎在他〈偷窺大師〉一文中所說：「迂迴永遠勝過直接，隱密永遠勝過公開，暗示永遠勝過明示，局部永遠勝過全景」，讓讀者自悟答案是比直接說出更成功的藝術手法。因此罵人的文學家總是喜歡以迂迴的手法造成隱密的效果，指名道姓豈不是變成了新聞報導，況且連新聞報導中都常有「不願具名的知情人士」云云來增益效果。

當然，不僅是負面的批評，所有藝術都應是以迂迴達到目的、以暗示照顧全局的，作文能夠體會其妙，則庶幾矣。

# 姓名風雅

前幾年同學好友紛紛走進禮堂完成人生大事，這兩年則是開始迎接新生命的降臨，這樣一步一步走來，眞覺流年似水而韶華如夢，此時才彷彿體會到了人生原來就是那麼一回事。朋友們興致勃勃地討論取名字的問題，這原來該是族中家長之事，按譜論輩，絲毫不爽，但現下則多請算命先生代勞，排時辰推八字，求其一生在冥冥中自有無限順遂。

我國姓名自成一門學問，不像西方人固定就是John、Mary那些。我總覺得取個意義深遠或是風雅傾城的名字，遠比算筆畫避沖剋的考量來得重要。原因在於中文姓名往往可形成一個有意義的「詞」，這個意義也是我們給予別人的第一印象，可以讓人有所聯想，也從其中獲得簡單的資訊，藉此稍爲理解此人家世背景與家長對他的人生期許。古人中像是張若虛、孟浩然或元好問，都可想見其人品學識；而石延年、辛棄疾或蒲松齡這樣的名字雖不脫傳統，但因反應了我國重視生命的觀念，也別有一番風味；當代漢學家劉若愚、施舟人；法籍作家程抱一，漢文名字皆頗有特色。因此如果只是把不相干的字湊在一起，那麼我國姓名所獨有的功能就消失了，給人的第一印象也就平淡而朦朧。

取名字一方面對中文本身的意涵與音韻要有一些敏感，有些諧音不雅或意思過於纖弱而近於文藝腔者，也許都可考慮避免。有人認爲一些姓氏天生佳妙，在姓名中大佔優勢，像明人張潮在《幽夢影》裡說：「如華如柳如雲如蘇如喬，皆極風韻」。我卻覺得姓氏無分雅俗，只看如何搭配。如張潮以爲「牛」姓不雅，但在《儒林外史》裡有位讀書人名爲「牛布衣」，咀嚼一下也眞有風味；而那在《三國演義》裡被關公斬於刀下的華雄，雖然姓「華」，但名字平凡也只能在小說裡跑龍套了。

不僅是人的姓名要緊，店面公司乃至於城市國家名字都重要。翻譯地名過去重風趣而今日重諧音，像「三藩市」、「舊金山」都比「聖凡西斯科」有更多的聯想，彷彿移民時代的波濤仍然拍岸；而徐志摩將義大利的弗羅倫斯寫成翡冷翠，詩情便翩翩而出，樹林、房舍與夢想都染上了淡淡的綠色。最近可能是受到香港或大陸的影響，澳大利亞的城市雪梨許多人都改稱「悉尼」，在聲音方面的確是更接近了，但就滋味來說，我還是覺得若是南半球有一朵雪白的梨花，當是更令人懸念的。

# 𤬫瓟斝、點犀䀉與茄鯗

《紅樓夢》第四十一回「櫳翠庵茶品梅花雪，怡紅院劫遇母蝗蟲」刻劃人物相當鮮明，劉姥姥故作滑稽的深諳世故，相形於妙玉自命清高的風雅出塵，很可見曹雪芹的深思與藝筆。除了性格傳神，這回尤精於飲食描寫。賈母一行人來到妙玉修行的櫳翠庵吃「老君眉」茶，烹茶的水有兩種，一是舊年蠲（音ㄐㄩㄢ，清潔）的雨水，一是五年前採集梅花上的雪水。而茶具更令人目不暇給，茶盤是「海棠花式雕漆填金雲龍獻壽」，使用的杯盞分別有：「成窯五彩小蓋鍾」、「官窯脫胎填白蓋碗」、「𤬫瓟斝」（音ㄅㄢ ㄆㄠˊ ㄐㄧㄚˇ）、「點犀䀉」（音ㄑㄧㄠˊ）、「綠玉斗」與「九曲十環一百二十節蟠虬整雕竹根大盒」

（盉音ㄏㄞˇ）。「瓠瓟斝」可能是雕畫了葫蘆的三腳有耳杯，是薛寶釵所使的；而「點犀盉」則是林黛玉的用杯。如果我們穿鑿附會地聯想，也許這暗示了林黛玉與賈寶玉雖然「心有靈犀一點通」，但薛寶釵終將嫁給寶玉，並有子嗣，瓜瓞綿綿。

不過其中描寫最精采的是賈母請劉姥姥吃的茄鯗，「鯗」音ㄒㄧㄤˇ，本指魚乾一類的食物，最早相傳是吳王闔閭入海遇風漂流，獲金色魚所製成。在這裡指以茄子爲主作成的一道小菜，材料除了茄子，還包括了雞胸肉、香菌、新筍、蘑菇、豆干、各色果子等，作法則包括削、炸、煨、收、拌、醃、炒，口味應是具有茄子的清爽綿軟與雞油的濃郁。

瓠瓟斝、點犀盉與茄鯗的時代遠去了，古奧的文字讓我們感到陌生，其實與現代社會有距離的不僅是這些寶器與佳餚，同時也是文化的氣氛。工商社會在經濟與效率的考量下必然產生速食文化，然而我覺得「速食」固然可以形成文化，但文化卻不能以速食的方式對待之。一貫作業、快速點餐、用過即丟、全球一致本不是文化的基本精神，當我們擁抱西潮而嗤笑觚瓟斝、點犀盉與茄煮的迂闊與囉唆之時，或許我們也失去了沉澱在歷史中的人生境界與美德修養。

就像有時我捧著保麗龍碗在研究室吃泡麵，或是在長程旅途中啃食漢堡炸雞，總想起《東京夢華錄注》的記載：「湯餅即切麵，唯餛飩只一種，亦貴清湯。昔年都中致美齋餛飩湯，可醮以寫字也」，醇美的湯頭沁脾甘胃並滋養人生，而科技文明的冷淡、急促、擁攘與現實，畢竟是太難消化了。

# 農業時代的情韻與智慧

曾在文章裡提到：「諧音」雙關的修辭方式，是古代在民間文學裡十分普遍的一種手法，基於聲音的類近聯想而達成會意的目的。當然民間文學裡不只「諧音」這樣的修辭手法，像我最近讀到相傳是唐朝布袋和尚的偈就是有趣的例子：「手把青秧插滿田，低頭便見水中天。心地清淨方爲道，退步原來是向前」。有人說布袋和尚是彌勒佛轉世，不過我想這樣的詩作或應是民間文士所爲，只是假托在其名下而已。

禪宗偈語，通俗而暢達，其中最善於利用日常生活的事例，來比喻說明人間或教義上的大道理，這或許與禪宗「郁郁黃花，無非般若；青青翠竹，總是法身」、「運水搬柴，無非妙道」等體會有關。因此文學（尤其是詩）與禪在表現技巧上有十分類似之處：觀微知著、舉一反三、藉此說彼、意在言外，這些詩法與禪機似有會通之處，這也難怪宋朝以後很流行「以禪喻詩」了。

禪宗多源自勞動的民間，因此其取譬對象也多來自民間，像唐朝的懷海禪師就有「一日不做，一日不食」的名言。而布袋和尚的詩大約要有些農事經驗的人纔寫得出來，以水田比擬心田，則青青秧苗就是植於心地中的善因福報，而爲人處事，即當如插秧，躬身而見天，退步則向前，農業文化流露出如此謙恭的品德，其實也是一種處世與修養的智慧，在繁忙的工商競爭裡，可能比較難以體會退讓的哲學吧。這類簡單又富含深意的作品，有時眞不知該當文學還是宗教作品來閱讀了。

文化使然，現代社會的文學最長於表現冷漠、孤獨的生命情調。新加坡的詩人郭永秀就曾形容電梯裡的情境是：「我們在升降機小小的世界裡，東張西望，假裝看不見對方」，寫實中不啻是一種悲涼了。農業社會裡「深葭繞澗牛散臥，積麥滿場雞亂飛」的情趣在當代不復可得，不過有些覺悟在今日社會依然是一種警惕，像范仲淹〈書扇示門人〉這首詩說：「一派青山景色幽，前人田地後人收；後人收得休歡喜，還有收人在後頭」，從田產的繼承來說明人間得失不過一時，超越眼前的汲汲營營，追求歷史上更大氣的成就，或許也是傳統文化給予現代文明的深刻啟示吧！

# 「鶼鰈」與「鰜鰈」誰的情深？

美國前總統雷根近日逝世，高壽九十三歲。雷根一生充滿傳奇，他結束了美蘇間的冷戰關係，也曾遭到暗殺，最近媒體對於他的報導，總以「鶼鰈情深」來形容他與夫人南西的感情，不過有時電視字幕會寫成「鰜鰈情深」，孰是孰非，值得釐清。

兩句成語中都有的「鰈」字，讀音「ㄉㄧㄝˊ」，是比目魚的古稱，我國文獻很早就有比目魚的記錄，春秋時代管仲所作的《管子》一書中便有記載，說古之王者將行「封禪」（祭告天地的大典）之時，東海有人進貢比目魚。我們現在都知道比目魚是潛臥於海底的一種魚類，兩眼生於身體的同一側，日本料理中也有比目魚握壽司，但比目魚卻與男女感情有什麼關係呢？原來我國《爾雅》

這部最早的字典中解釋「鰈」字，說牠是「不比不行」的一種魚，一定要兩條魚緊貼著對方才行動，因此用以形容男女的相依相偎之態，引伸爲感情的親密。至於「鶼」與「鰜」都讀成「ㄐㄧㄢ」，「鰜」是比目魚的一種異名；而「鶼」則是我國傳說中的鳥類，生於南方（一說在西方），每隻鳥只有一眼一翅，因此要聯合另一隻鳥才得飛行，白居易〈長恨歌〉裡說的「在天願爲比翼鳥」，就是指這種動物。

從意思上說，好像「鶼鰈情深」或「鰜鰈情深」都可以通，前者是「像比翼鳥與比目魚那樣相依相偎」，後者則是「像比目魚那樣相依相偎」。不過歷來文獻，都只有「鶼鰈」而無「鰜鰈」連用之例，如《文心雕龍．封禪》云：「西鶼東鰈，南茅北黍」；又如清代龔自珍的〈己亥雜詩〉也說：「事事相同古所難，如鶼如鰈在長安」。因此以「鶼鰈」指情深已是通例，「鰜鰈」則可能是因爲字型相似的誤用了。

我一直覺得以「鶼鰈」來形容夫妻之情是浪漫而貼切的，夫妻除了相愛，更重要的是彼此扶持、互相照應的生活方式，少了對方的支持宛如鳥失一翼，人生之路便有行不得也的困境。還記得雷根槍傷，急救過程中南西堅定地相信夫婿終將平安，她曾說：「女人就像茶包，水深火熱才能散發芬芳」，機智不輸雷根，而他們相知相惜地走盡人生，實不愧「鶼鰈」之喻。

# 說俠

因爲打賭輸了而在校園裸奔的大學生，最近被傳播媒體封爲「遛鳥俠」，這個封號讓人會心一笑，不過此君一奔成名，但爲何要以「俠」名之，是挖苦還是讚許？値得玩味。

少年時代喜歡看金庸的武俠小說，對裡面的英雄美人有許多嚮往，華山論劍裡東邪、西狂、南僧、北俠，個個都有驚人藝業，當時我對北俠郭靖這位質樸尚義的好漢特別景仰，覺得武俠世界裡，張無忌武功雖高但優柔寡斷、令狐沖劍法雖奇但爲人迂腐得緊，其他如胡斐、袁承志、韋小寶等，離「俠」的境界就更遠了。唯一稱得上「俠」字的，惟郭靖一人而已。

「俠」究竟是指什麼呢？在古代常常稱爲「任俠」，古人說：「相與信爲任，同是非曰俠」，說白一點，就是守信重諾，好排紛解難的人就是俠。《史記》對俠有特殊的偏愛，因此作了〈游俠列傳〉來標榜這些倚劍縱橫的英雄。這些人一介凡夫，卻能抗權折貴，以性命維護個人尊嚴與社會正義，這在封建時代誠屬難能可貴，明代的《幽夢影》說：「胸中小不平，可以酒消之；世間大不平，非劍不能消也」，大約也可以算是「俠」的一個註腳。

不過「俠」最被法家所討厭，韓非認爲社會上有五種蛀蟲，「以武犯禁」的俠就是其中一種。原來法家旨在鞏固統治，但俠士偏偏憑藉個人的本領逍遙於官府律令之外，嚴重挑戰了當局權威，這自然令君王頭痛。但歷史上從來沒有一個俠成功過，也許是身爲俠士，本不在乎世俗的名利，也不計較權位的得失。就像李白〈俠客行〉一詩所說：「事了拂衣去，深藏身與名」。這說明了「俠」是權力的懷疑論者，也是永遠的在野黨。

不過自漢朝儒法兼施以後，我國俠客日少，歷史上最有俠氣的可算是唐朝的李白，像他〈贈趙四〉這首詩說：「我有一匕首，買自徐夫人。匣中閉霜雪，贈爾可防身。防身同急難，挂心白刃端。荊卿一去後，壯士多凋殘」，寫得眞是慷慨痛快，有豪俠之風。而清代《七俠五義》裡的俠不過都是官府差人，求官求財，一點俠骨都沒有，看了眞令人氣沮。

而最近「遛鳥俠」也是一位妙人，裸奔這事明顯地是「以武犯禁」，難怪擅於權術的當局要給與嚴懲。他的行爲固然荒唐，但也是一份年少輕狂的天眞，且他重然諾不食言的態度，比起這個慣常以耍賴負恩而獲利的社會，還算是不凡的，號之爲俠，雖然滑稽，但實也不算太過。因此我以爲這位年輕人應當秉持這份俠氣，抑強扶弱、見義勇爲，幹出一番事業，那麼才不辜負了我國文化裡特別推許卻日漸湮沒的「俠」字。

# 大人，冤枉啊！

臺灣原住民的語言自有特色，有時十分詩意。以前讀泰雅族作家瓦歷斯・諾幹的作品，裡面記載了一首雅美族的情歌：「我們的心正如站在崖邊，唯恐隨時跌下深淵」，覺得眞是美極了。這一陣子能歌善舞的原住民歌手張惠妹無端捲入政治風暴，面對政客的無理取鬧，她只說「大人的事交給大人解決」，呂副總統將「大人」解釋爲相對於小孩的成年人而言，其實，在我國詞義中，「大人」並不只這個意思而已。

「大人」早見於《易經》，在乾卦的卦辭中便有：「見龍在田，利見大人」之語，「大人」在這裡特指有德行、能造福天下的君王而言，後來漢朝的司馬相如寫了一篇〈大人賦〉，也就援引了這一個意思，只是司馬相如利用漢武帝喜好神仙的心理，在賦中特別加入了一些神仙幻境的描寫，使「大人」成爲半神半人的有道之士。另外在儒家的典籍裡，「大人」亦指有德行的君子，如《孟子・告子篇》中說：「從其大體爲大人，從其小體爲小人」，這個「大人」，就是相對於不懂禮法之「小人」的君子。除了君王、神人與有德的君子這三個意思，傳統社會中也將家族中長輩稱爲「大人」，有首古詩〈爲焦仲卿妻作〉云：「三日斷五匹，大人故嫌遲」，意思說有位可憐的媳婦，三天內織了五匹布，但她的婆婆(也就是句中的「大人」)仍然嫌她動作慢、不勤勞。

不過最爲我們所熟悉的「大人」，乃是戲劇裡的大官，在港星周星馳的電影或臺灣連續劇「包青天」中，最常聽見的臺詞便是「冤枉啊！大人」，大概在封建制度裡，那些高高在上的「大人」們，總是罔顧現實，一意孤行，將升斗小民的生命、財產乃至於人格視爲無物，任意凌踐，這也無怪乎戲劇電影中一聲「冤枉啊！大人」，總能敲響觀眾心底的那根幽絃。而日據時期的臺灣社會，也將警察稱爲「大人」，這大約反應了小老百姓對掌權者的懼怕。賴和的小說〈一桿秤仔〉中，主角秦得參面對貪婪的巡警，雖然前一句大人後一句大人，但仍難逃被剝削與欺壓的命運，可見「大人」之語，在臺灣社會亦是強權橫行的代名詞。

我不知道張惠妹的「大人」所指爲何，也不知道朝中政客以哪一種「大人」自居，不過品味一下現代「大人」們硬要別人表態以達到自己政治意圖的強橫言詞，阿妹如果學起〈一桿秤仔〉中的主角秦得參苦喊一聲「冤枉啊！大人」，不管是不是歌迷，大約都會爲之感慨吧！

# 鬼故事

農曆七月是情人鵲橋相會的日子，也是神出鬼沒的時節。我國古書記載的鬼故事甚多，言之鑿鑿，皆親眼所見，親耳所聞。可惜這些鬼故事並不可怖，裡面的鬼妖精怪，不然是謙謙君子，不然是節義婦人；要不使人肅然起敬，要不使人滿懷溫馨。從小到大，我從來沒有因爲看《聊齋志異》而做過惡夢，顯然我國鬼故事不以嚇人爲目的，而是以寄托情懷、講論道德爲依歸，不像現在隨著公車廣告滿街跑的鬼片，只是看預告就使人寒毛倒豎。

清代大學士紀曉嵐作《閱微草堂筆記》，裡面有一則發生在他家的「眞實」故事，說他先祖原配陳夫人逝世，新娶繼室張夫人，新婚之日張夫人獨坐室中，忽然「見少婦揭簾入，徑坐床畔，舉止有大家風」張夫人以爲是家中娣姒姑姐，不敢多問，此女「絮絮言家務得失，媼婢善惡，皆委曲周至」不過婚後張夫人找遍家中，始終不見此人，以其衣著面貌相詢，才知那應是已死的陳夫人。紀曉嵐下了一個評語：「死生相妒，見於載籍者多矣。陳夫人已掩黃壚，猶慮新人未諳料理，現身指示，無間幽明，此何等居心乎？」這番話將傳統婦女生前勞悴，身後猶不忘操煩家務瑣事的心理寫得很傳神，簡潔乾淨的文筆亦十分有味道。兒時讀《聊齋志異》，最喜歡〈夜叉國〉的故事，話說徐姓海商遇風漂流來到了夜叉(夜叉就是傳說中的惡鬼)國，他以烹調技術征服了夜叉們的胃口，在夜叉國娶妻生子，二子一女不但勇力過人，讀中國經史竟也過目不忘。返回中土後，拿出在夜叉國得來的珠寶便成爲當地富豪，兒子還考上武進士，建立了一番功業，最後女夜叉還被策封爲夫人，眞是皆大歡喜的結局，有一點因禍得福的童話趣味。

細讀我國這些鬼怪故事，可以發現其中反映的不是人類潛意識裡對未知世界的恐懼，而是文化中很現實的渴望，死而不已的妻子、升官發財的美夢，現實世界要滿足這些願望畢竟太難，只好退居到神鬼世界裡做精神上的自娛。說可悲，還眞是有一點；但這不傷大雅的自娛，比起勾心鬥角求取富貴的權謀，又可愛得多。

最有趣的是我長大後才知道〈夜叉國〉末尾有一段作者妙評是兒童版所沒有的：「夜叉夫人，今所罕聞，然細思之而不罕也。家家床頭，有個夜叉在」，蒲留仙一生坎坷，七十一歲才補上貢生，不知是不是因爲他在潦倒的歲月中常被妻子責怪，而讓他有了這滑稽的想法？還是他本來懼內，不敢明著反抗妻子，卻故意在小說裡留下了這一手，偷渡了他的心聲？

# 獄中詩

伊拉克軍事強人海珊被美國人俘虜，在獨居的囚室讀經禱告，每天利用短短的放風時間在一片小草坪上做簡單的園藝，喧囂的戰火後，一個獨裁者的黃昏在寧靜中顯得荒涼。據說海珊閒暇時開始寫詩，我不知道他會寫下什麼？「清眞寺便是我的堡壘，圓屋頂就是我的頭盔，而回教徒全是我的戰士」恐怕已不適合當下的心境了。

身陷囹圄乃人生之劇變，才智之士必然有感而發，短詩長歌，都很適合抒發積鬱的心情，往往也有佳篇。以前有首國語老歌〈綠島小夜曲〉，就寫得情意纏綿，唱來哀怨而搖蕩。不過我國獄中詩多半表現人格與氣節，頗有「明志」的意味，像中學時讀文天祥的〈正氣歌〉最爲感動，雖然覺得文天祥的際遇太過慘烈，非一般人所能效法，但心底實在相當欽佩他「嗟哉沮洳場，爲我安樂國」的獄中精神。大學時代讀到初唐詩人駱賓王的〈在獄詠蟬〉，駱賓王文采斐然，曾經寫了一篇檄文討伐武則天，其中「一抔之土未乾，六尺之孤安在」的句子煽動了許多大唐遺臣的懷舊之心，使武則天這位女強人也爲之震懾。駱賓王年輕時也曾因諫武后之事下獄，那時他便以「蟬」這種小動物來寄托他的心志：「露重飛難進，風多響易沉。無人信高潔，誰爲表予心」，詩中表現他蒙受冤屈的無限哀怨。

不過我印象最深的獄中詩是晚清維新變法失敗後，譚嗣同就義前題在獄壁的絕句：「望門投止思張儉，忍死須臾待杜根。我自橫刀向天笑，去留肝膽兩崑崙」，這詩有些難解，大意是說：像漢朝的張儉那樣因逃避迫害而流亡的康有爲不知是否平安？希望你們像東漢時的杜根那樣暫且忍辱偷活，有待將來重返救國的行列。而我已決心爲國犧牲，笑看死亡，無論誰逃誰死，只要彼此肝膽相照，義氣如崑崙之重，那麼我也就沒什麼遺憾了。這是忠臣義友的慷慨悲歌，雄健豪邁中眞可感受那凜然的大義。

獄中詩有時也可以看出每個人在危難時的牽掛，蘇軾在下獄待決前雖然悽惶，但他寄給兄弟蘇轍的詩說：「是處青山可埋骨，他年夜雨獨傷神」，顯然蘇軾乃看淡個人生死，卻放不下心讓老弟一人在某個雨夜想念哥哥的哀傷，這眞是深摯的情感。而法國詩人阿保里奈爾曾經被指控偷竊羅浮宮名畫「蒙那麗莎」而入獄，當時他寫道：

再會吧！歡樂的圓舞曲
唉！我的年華
我的女友們

都要吃牢飯了還惦記著舞會與女友，這樣風流倜儻，中西文化底下對於牢獄的態度，其差異由此可見一斑。

# 建構式中文

這幾年「建構式數學」爲教育界掀起了不小的教學風波，這派學者反對數學成爲工具，要孩子們不僅知其然，還要知其所以然，這立意實在良善；不過在教學中，3×2=6，非要畫出三個小朋友每人拿兩個蘋果才算答對，則未免膠柱鼓瑟之嫌。按照「數字不應只是工具」這個邏輯，文字也應跳脫「工具」的層面，進入歷史文化與造字過程的想像。

我國造字六書是：象形、指事、會意、形聲、轉注、假借，我覺得前三者最奧妙有趣，象形有具體之美，老虎大象都栩栩如生地行走在字裡行間；指事有抽象之妙，以符號代表了純粹的觀念，這些都是藝術家的傑作。而會意尤其可愛，像一匹馬破門而出的神態就是「闖」，因此也只有年輕人有那種莽氣與力量到江湖上「闖一闖」，這類文字頗有詩的質感，又有猜謎的趣味，狗嘴發聲是「吠」，鳥喙傳音是「鳴」，而人說出來的話就是「信」了，人之異於禽獸，不僅是人有語言，更是因爲人有信用，會意字便是要讀字者與造字的聖賢心意相會。不過可不要像宋朝的王安石想過了頭，解釋「波」是水的皮膚，當時蘇軾就以「滑」是水的骨頭嘲笑過他。

可惜以上三類數量不多，反而是最呆板的形聲字佔我國文字絕大多數，可見古人造字，出發點當是實用。不過我們仍然可以將這些符號作有趣的想像。最近讀到一首日本人寫的詩，名爲〈漢字遊戲〉，我想也許是他學中文的心得：

母這個字
像是舟
像是稍微傾斜的小舟
是因爲載了

愛的行李而超重的緣故吧

仔細看一看「母」與「舟」這兩個字的字形，還眞能透過聯想感受到詩中深情。他又說：

哭這個字
像是器
是割裂的器皿的嘆息嗎
或是有感於人這種名器的脆弱
而哭泣的聲音呢

這樣的解釋雖然乍讀奇怪，但卻頗能引人深思：「名器」（像寶器一般貴重的名位）的確有其尊貴與脆弱的可悲內涵在其中，而我們名之爲「人」，是不是所有言行也能完全符合「人」的標準呢？我們每天使用中文字，習以爲常之下便不去審視每個字的深意與美，反而是外國人因爲漢字的陌生，便能在意想不到處有所發揮。

我國文字之美，不僅有造形上的巧妙，許多字更表現了歷史與文化。而字形上詩意的聯想更是拼音文字所沒有的，故此我國文字不僅可以當符號使用，也可從中「建構」出許多文化趣味。

# 文學裡的小聰明

記得許多年前有位女作家說過，她最喜有小聰明的男士，只要不過於賣弄，不流於油滑，有小聰明者善於體察人意、懂得創造浪漫，又沒有智者憂國憂民的嚴肅，實是最理想的情人。我想能體會出這個道理的人，想必也是有點兒小聰明，只是我覺得要懂得「展現」而不「賣弄」的藝術，其實已非只有小聰明而已。

有時翻覽古籍，許多小故事小詩詞眞是極盡小聰明之妙趣。

話說南宋紹興十七年，進士狀元是鼎鼎有名的王十朋，他的同鄉吳已正卻以吊車尾中榜，御宴時大家依序進場，吳某排在末尾正感不是滋味時，卻發現了自己後面還有一位沒有參加科考，卻因有功於國而賜同進士出身的李三英，當場作一對聯曰：「舉頭不忍看王十，回首猶欣見李三」，此事見於宋朝周必大的《二老堂詩話》，不怎麼樣的詩卻達到了自我解嘲的功能，他的聰明的確是小小的。另外元朝蔣正子的《山房隨筆》中記載吳門有一小吏娶娼爲妻，徹夜宴客，沒想到第二天卻因事得罪發配九江，臨別與新婦登舟涕泣，當時詩人盧梅坡即賦詩云：「昨夜笙歌宴畫樓，明朝揮淚送行舟。當初嫁作商人婦，無此江頭一段愁」，詩人反用了〈琵琶行〉的典故綰合時事，亦可見其才思，只是這類詩作頗傷於纖巧，沒有深遠的寄托，因此只可做解頤讀而不入正聲。

又有宋朝的《中山詩話》，說當時著名的學者兼詩人楊億等，作詩專愛偷偷剽竊唐代李商隱的詩句，號爲「西崑體」。有回宴客，一位優伶扮演李商隱，卻穿著破爛的衣服出場，他向觀眾們說：「我爲諸館職撏撦至此」，「館職」乃指楊億等西崑體詩人，「撏撦」音「ㄒㄩㄢˊ，ㄔㄜˇ」，意即拉拉扯扯。意思是說楊億這夥人從我身上東偷西拿，把我好好一件衣服都扯爛了。這位優伶以行動劇的方式表現了對於剽竊者的批評，引得觀眾會心一笑，而記載此事的作者，大概也很欣賞這種小聰明，特地記下來表示他強調獨創的文學觀。

這些事蹟介於眞實與杜撰之間，不過皆表現了淺淺的幽默、淡淡的悲哀或微微的諷喻，一粲之間也使我們領略了古人的生活與思想。不過我國詩話或筆記小說也不盡然皆是這種無關痛癢的記載而已，像唐朝孟棨的《本事詩》所記，少年王維作〈息夫人〉詩，以「莫以今時寵，能忘舊日恩」之句諷勸好色驕橫的寧王，要節制權力的傲慢與自我欲望，終於迫使寧王收斂起強佔人妻的惡行，因而挽救了一個悲劇。這個故事所展現的不啻是文學裡的小聰明，更是人生裡值得敬仰的大智慧與大勇氣。

# 字光詩影

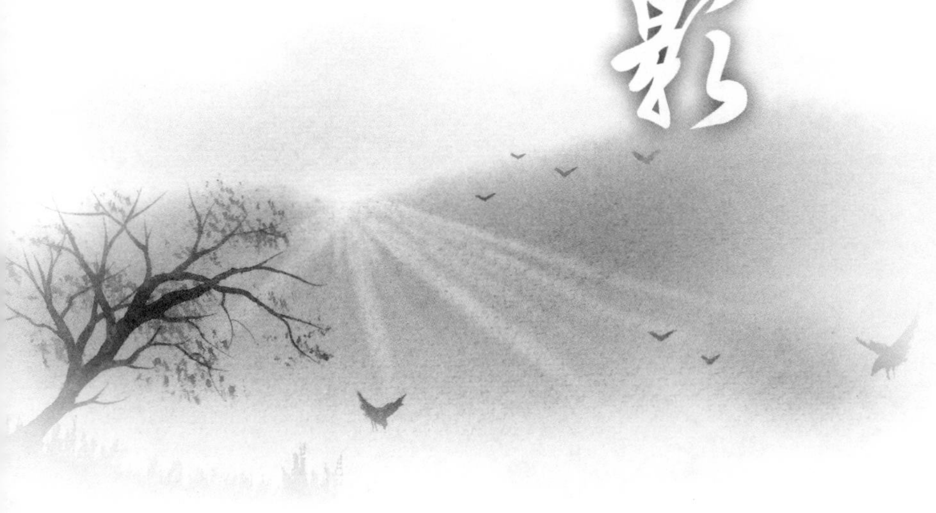

# 我喜歡背詩

拾級登臨，步道雖是人工，卻也曲折有致。到得山頂，舉目遠眺，千門萬戶的臺北市沐浴在初春微暖的夕曛裡，寧靜如斯。晚風吹來，坡草起伏，腦海中不覺浮出「山映斜陽天接水，芳草無情，更在斜陽外」的句子，片刻小立，蒼茫之中漸有微微感動。

日前，李家同教授用三十個問題來探討當今大學生的人文素養，當然，立刻引來了反彈。據二月十九日的《中時晚報》載，有人質疑誰來決定大學生該知道些什麼？有人反應李家同應該告訴大家聽維瓦第有什麼用，而不是嘲諷沒聽過維瓦第的人；還有人表示他是農民子弟，沒有閒工夫看厚成那樣的《戰爭與和平》，並且覺得不去學習這些素養並不會有什麼損失。仔細想想，李教授的苦心倒眞成了迂腐的笑柄了。

「人文素養」有沒有用我不清楚，就像我喜歡背詩，問我背誦這些詩句有什麼用，其實也眞是沒有什麼用，只是在偶然的一些時空裡，它們莫名地呼應了當下的心境，讓我有時更加喜悅，有時徒增感傷，於是生命便由許多値得反覆玩味的片刻所構成，讓平淡的生活到達了另一種迥然的意境當中。昔年曾遊東歐，在布拉格查理士大橋上眺覽江流，晴川碧樹，對岸芳草茵綠，柳色如畫，自然湧起「苒苒物華休」的意念，旅程便有了另一種追懷。近日走在校園裡，春光爛漫，百花爭妍，學生載欣載奔，熱鬧非凡，一時眞能體會杜甫在千年前所說「寄語春光共流轉，暫時相賞莫相違」中的深情款款。

時代日新月異，器用制度隨時而遷，但人類內在的情感卻始終不變，歡喜、厭懼與欲求，似乎古今恆一，並沒有因爲發明半導體或基因工程而有所不同。文學、音樂與美術並非足以傲人的知識，而是透過對於這些藝術的欣賞及理解，足以探索彼此心靈，從而更加認識自我與人類全體存在的大意義。我不知這是不是李家同教授談「人文素養」的本意。不過我有時偶然在古書中讀到好句子，便努力記得它們，這些詩句使我的生命中多了一些駐足的時刻、一些回首的凝視，於是便有了偶然的沉思……就像悄立山頂泛覽群峰，剎那間的心靈總是那麼永恆而飽滿。

# 微光倒影

夜裡從淡水乘捷運回臺北，列車飛馳，窗景倏忽，遠處觀音山起伏的稜線已被黝黑的夜色抹去，河岸對面的點點燈火倒映在靜謐的流水裡，成爲一方寂寞的風景。每當這時我總回憶起少年時代的住校生活，每星期天晚上便要搭車返校，一路上顛顛簸簸，有時行過堤外道路，似乎也有類似的景象，少年雖然不識愁滋味，但想到又要面對一週無聊的考試與苦悶的生活，心底也有說不出的惆悵，回顧萬家燈火的溫暖城市，經常就想起了鄭愁予的詩：

這次我離開你，是風，是雨，是夜晚

你笑了笑，我擺一擺手，

一條寂寞的路便展向兩頭了……

有人說寫詩要趁年少，許多際遇在少年時是詩，過了那年歲，就成了世故的冷笑了。其實讀詩也是，年輕時對於許多詩句只有純粹的感動，現在則帶著斤斤計較的眼光讀詩，多了理性的分析少了感性的觸動。也許是因爲在十五六歲那個年紀就熟讀了鄭愁予的作品，所以一直覺得他的詩最適合中學時代，純眞與清淡中提醒讀者，人生不可以沒有的另一種浪漫情懷。現在回憶起來，許多句子還是那樣動人，彷佛一盞微光，照亮了自己在時間之河的倒影。

詩評家奚密先生曾經形容現代詩像個沒落的世家子弟，沒錢沒勢了，可是舊包袱還在，動不動就有人指指點點，說他不成材或是數典忘祖，有辱門楣。此言非虛，大多數的讀者對現代詩的主觀印象就是抽象不易看懂、缺乏詩歌應有的旋律與節奏，以及與散文的差異只在寫成分行等。因此現代詩的作者很多，讀者卻極少，詩成了小眾藝術，大多數的知識份子並不關心，這與古典詩時代的輝煌相較，眞有今夕何夕之嘆。不過現代詩裡也有許多好的作品，能夠在瞬間喚起沉睡的情感，或是巧妙地表現出當代物質社會的荒謬與無奈，舒緩了冷漠而剛硬的新世紀。像詩人羅智成就曾幽默地寫道：

像醺然的術士
用活生生的字句
熬製香味四溢的羹湯
是不是詩不要緊
我追求的是美味、營養

用文字與妙想爲讀者帶來香氣、美味與營養，這眞是現代詩最貼切的宗旨了。

有時坐車無聊，我還是會翻讀鄭愁予，泛黃的書頁上有些熟悉的詩句已然平淡，有些仍然令人低迴：

這次我離開你，便不再想見你了，
念此際你已靜靜入睡。
留我們未完的一切，留給這世界，
這世界，我仍體切地踏著，
而已是你底夢境了……

# 元曲可愛

內容、形式與風格是文學的基本要素，有時詩詞讀倦了，翻翻元朝的「散曲」作品，眞是一種很好的消遣。簡短的形式、風趣的內容與一派不羈的風格，在中國文學裡面有獨特的美學價値。

以前讀書時嫌元曲俚俗，不肯多下工夫，約略只記得了馬致遠〈天淨沙〉的「枯藤老樹」，關漢卿〈不伏老〉的「一粒響噹噹的銅豌豆」等較爲人所熟悉的作品，便以爲元曲之美盡在其中矣！近來重溫舊夢，更發現了許多耐人尋味的好作品。大體而言，元朝好武，輕視漢族文學，因而文人多半失意，有些曲家閒雲野鶴中卻又滿懷落寞之情，像馬致遠就有「恨無上天梯」的感慨；而有些則忘懷名利，超然於塵世之外，如元代後期的曲家喬吉就說自己是「煙霞狀元，江湖醉仙，笑談便是編修苑，批風切月四十年」，這樣曠達的襟抱，眞令汲汲營營之吾輩景仰亦復慚愧。

中文裡在形式上最特別的就是因爲單音單字，所以可以形成文字的對偶，增強了情境的對比與聲情的美感，一般對偶是兩句相對，但元曲則突破而爲三句並聯相對，像張可久的〈人月圓〉：「一聲啼鳥，一番夜雨，一陣東風。桃花吹盡，佳人何在，門掩殘紅」，一聲、一番、一陣，並列相對，那姿態就嫵媚了，讓人感到如吟如歌的韻律。又如他的〈天淨沙〉一曲：「青苔古木蕭蕭，蒼雲秋水迢迢，紅葉山齋小小。有誰曾到，探梅人過溪橋」，前三句鼎足相對，風情並不遜於馬致遠，全曲渾是一幅蒼然的古畫。

元曲其實是相當接近白話的文學，或根本可以說是百分之九十的白話文學，只是押了韻、對了仗，但是這押韻對仗卻不死板，毫不妨礙白話的意思：「幾句杜陵詩，一幅王維畫」、「看蕎麥開花，綠豆生芽，無是無非，快活莊家」、「農父漁翁，貪營活計，不知他在圖畫裡」，這些白話曲子眞而不俗，卻也簡練有致，十分耐人咀嚼。所以香港的董橋先生說：「白話文要寫得活潑而有風致，多讀詞比讀詩管用，多讀曲又比讀詞濟事」可能就是這個意思。

有時我覺得讀詩如晤佳士，讀詞如會美人，讀曲則如偶逢村老，家常漫話中自有人生的眞哲至理。元曲看似不存大道，但渾樸之處，在現代功利而虛矯的社會裡，眞有一種無限的可愛令人流連。

# 月的聯想

也許是因爲有了嫦娥、吳剛與玉兔的故事，從來我就覺得中秋節特別有一份天眞的童趣；也許是因爲有了李白：「小時不識月，呼作白玉盤，又疑瑤臺鏡，飛上青雲端」的詩句，月亮從童年開始便分外可親。較之於灼烈的太陽，月色的朦朧與清幽似乎更適合談情、賦詩與漫步；較之於星斗的渺茫，月光的臨照總使夜路多了一些踏實。在桂花香中煮茶分餅擘柚賞月，實是良辰美景兼賞心樂事也，明朝的張岱在〈西湖七月半〉一文中諷刺了當時達官貴人鼓樂喧囂的賞月活動，其實是什麼也沒看見。的確，月華的風度最應屬於寧靜。

找尋古書，我國對月的別稱極多，以神話爲用者，玉兔銀蟾嫦娥屬於此類，另外尚有金兔、陰兔、明蟾、玉蟾、寒蟾、素娥等相似的別名；以外形來形容者，主要以「輪」、「盤」、「鏡」三種形像來描述月形，如陸游的〈月夜〉詩有「炯炯冰輪升」之句，趙鼎的詞寫月則說：「誰喚金輪湧海？不帶一浮雲」，而晁無咎的詠月詞卻說月亮是：「碧海飛金鏡」，都是以圓亮之形來描述月的清瑩圓滿。尤其是中秋節的月亮，在古代有個特殊的別號，稱作「端正月」，大概是古人特別欣賞那毫無瑕疵的圓與亮，較諸新月勾人的嫵媚，殘月冷落的悲懷，中秋月無可挑剔的盈滿，或許是最符合儒家「端正」美學的吧！

因爲月的圓缺而況喻人間的散聚，也是我國文學裡詠月的主要內涵，像《紅樓夢》裡香菱學作詩，黛玉要她以月爲題，香菱前兩首極力摹寫月亮的形態與光輝，都得不到認同，第三首寫了「博得嫦娥應借問，緣何不使永團圓」，便贏得了眾人的肯定，可見文學創作，需有所寄托才能動人。因此我最喜歡「海上生明月，天涯共此時。情人怨遙夜，竟夕起相思」的句子，好像一輪明月將情人所有的思念團聚在一起，超越了時空阻隔而攜手於清輝之下。不過賞月亦有感懷的一面，初唐名詩〈春江花月夜〉裡「江畔何人初見月，江月何年初照人？人生代代無窮已，江月年年只相似」說出了天地永恆而人生短促的悲哀，蘇東坡〈赤壁賦〉裡「哀吾生之須臾，羨長江之無窮」亦屬這般況味。

以科學的角度而言，月亮也就只是地球的衛星而已。太陽系的行星中，水星金星都沒有衛星，而土星與木星則分別有十枚與十三枚的衛星，實在不敢想像「天有十月共出」的景象。因此，與水星金星無聊的夜空相比，眞該慶幸地球有這麼一枚可愛的衛星相伴，彷彿在黑冷的宇宙中便不寂寞；而與土星及木星相比，仍是慶幸我們「僅有」一只飛天的白玉盤，讓我們傾訴人間最深的關注與無限的詩思。

# 不花腦筋的書

現代都市人普遍用腦過度，一週累下來，心靈的倦怠往往超過身體，這時我與妻子便會尋思去做些「不花腦筋的事」，比如說大吃一頓有礙健康的美食，看場隔週便不再記得內容的二輪電影，或是捱在書店裡看一下午「不花腦筋的書」。

閱讀「不花腦筋的書」，不用去理會這本書有沒有意義，也不必想讀了後會有什麼收穫，這對每天抱著古書鑽研死學問的我來說實在是莫大的享受，不用在某行下寫一段注腳提醒自己去考證一番、不用在某頁上貼一個標籤告訴自己這裡有重要參考的資料，純粹在文字構築的世界馳騁徜徉，眞只有「痛快」二字可以形容。所謂「開卷有益」大概就是這個意思。那些美食指南、裝潢雜誌、旅行手冊、不合邏輯卻賣得超好的網路愛情小說、太合邏輯到近乎藝術的日本偵探故事……每一本都讓人不忍釋手，一栽進去就是一個無憂的下午，一個可以把研究報告、教學大綱拋諸腦後的清涼世界。

小說家張愛玲據說是「小報」迷，當年在上海所謂「小報」，除了開數較一般報紙爲小，內容也以輕鬆休閒，或是花絮新聞爲主，適合乘車等人的時候消磨時間；那時還流行泡澡堂，讓人捏腳搓背時，大約也是人手一份這類讀物。「小報」，也可以算是一種「不花腦筋」的報紙。不過張愛玲看小報可沒閒著，她往往從那些現實的悲喜劇中看透人性的可哀可笑，乃至於可鄙可畏，因而創造了許多經典的人物或成就了偉大的小說。不過話說回來，一面讀這些「不花腦筋」的報紙，一面還要構思人物創造情節，這對以「休閒」爲目標的閱讀本身來說，未免是本末倒置了。

但是人性就像張愛玲在《紅玫瑰與白玫瑰》裡假嬌蕊之口說的：「一個人學會了一樣本事，總捨不得放著不用」。這兩天和妻子去書店裡看「不花腦筋的書」，忍不住又對一些篇章嚴肅地討論了起來，無意間翻到了一篇好友甘耀明寫的作品，說是六歲時一段幼稚園的感情。妻子認爲那一定是虛構的，而我不禁又開始想，什麼是文學的虛構，爲何要虛構，虛構所期待的藝術效果應該是什麼……。唉！我眞是太本末倒置了。或者也可以說，世界上可能並沒有眞正「不花腦筋」這回事吧！

# 革命家的萬年江山

讀到一首現代詩是這麼說的：

從前
他指著寶座上的皇帝說：
「這是個壞蛋」
大家揭竿而起
就把皇帝推翻
如今，一轉眼
他又坐到寶座上邊

還傳旨說：「要保江山萬萬年」

詩中藉由一再輪轉的歷史場景，表現了權力鬥爭的空洞與虛僞，不禁讓人想起歐威爾的《動物農莊》。平白如話的詩作因爲「諷刺」而產生了力量。

好的諷刺作品古今中外皆十分罕見，其困難處在於如何巧妙地彰顯被諷刺對象的癡妄與顢頇，卻不流於尖刻地挖苦，使讀者在讀罷掩卷之際，並不痛惡被諷對象，而是對人性弱點產生無限憐憫，在會心的一笑間有小小的澈悟。諷刺力道的拿捏猶如美女體態需穠纖合度，減一分則無關痛癢，增一分則成爲詈詬，皆使人味同嚼蠟。深刻的諷刺文學大都幽默可掬，因爲作者往往不是特別針對某人某事痛下批判，而是在單一的事件中看見普遍人性，尤其是一而再、再而三的滑稽與荒唐。因此我覺得從事諷刺文學的作家多半有些小聰明，也同是人性的悲觀論者，他們總能拆穿一本正經的嘴臉下所隱藏的可笑動機，對於表面偉大的情操與故作高尚的行爲，都投以懷疑的眼光。

我國古代最具幽默的諷刺文學當屬《儒林外史》，書裡將那群讀聖賢書的知識份子糗得無地可容，使我們理解黑暗的科舉時代，是如何造就了一批又一批可哀可鄙的僞君子。但諷刺文學終究只有文學欣賞的價值而無改造社會的能力，像《儒林外史》裡的那些貢生、監生或舉人老爺，無論你怎麼笑他，他還是一樣優哉游哉，厚著臉皮到處招搖撞騙，著實令人無奈。白話文學中，我深深覺得出版於民國五十年代的《旋風》是部很好的諷刺小說，作者姜貴一生坎坷，卻在坎坷中體察了我國的人情世故，頗有「文窮後工」的味道。早期文壇將《旋風》視爲一部反共小說，其實反共的部分在書中只是聊備一格，眞正精采的是他對新舊社會各式人物的描寫，深深刺中那些貪婪、自私與怯懦的負面人性。孟子曾說「大丈夫」是「富貴不能淫、貧賤不能移、威武不能屈」，但姜貴把各式人物放在富貴、貧賤或威武的環境中，所有道貌岸然的面孔都現出了原型。人性竟是如此脆弱，不能檢驗亦不堪檢驗。

不過近幾年諷刺文學頗有消匿的跡象，原因並不是檯面上的人物品行有所提升，而是隨著傳媒的蓬勃，各種挖暗瘡、揭陰私的事每天都在發生，「諷刺文學」這種委婉、清淡的口味已不能滿足讀者。但比起這些直接點名的批判、越看越生氣的新聞報導，諷刺文學的洞達、冷雋與好涵養，在紛擾而虛矯的社會中，格外引人懷念。

# 國文教師的黃昏

車行以一百公里的時速奔馳於國道，秋日的黃昏以它龐大的青黃卷雲壓向擋風玻璃，遠處的山崚漸漸沒入晚暗，欲語而無；近處河床上累累亂石像百年英雄飲馬磨劍的古渡，而堤防外碧綠的禾田與紅磚矮屋卻又是寧靜在暮色裡的江南風景，如果此時有一縷炊煙，必然是人間寄給素秋的行草心事。

我總是無端悸動於這樣的行程，一幕一幕的風景彷彿古畫裡的寂寥或舊詩裡澄澈心思，此刻默念那些句子，似乎使我對箇中情懷更多了一些理解，但也同時對我們這個總是急著趕路的時代增添了一些惆悵。

做爲一個國文教師，我的工作單純而美好，面對學生談詩論藝的片刻裡，自我亦在那些溫婉柔和的情緒裡得到舒散，像品味了一盅香茗，古典文學所帶來的喜悅輕盈而悠長，恍若一無所有卻又眞實飽滿。說是野人獻曝也好，無論是不是以文學爲職志的學生，我都盡力傳達這樣的美好經驗，盼望在他們的人生裡，也許在一次偶然面對「數峰無語立斜陽」的刹那，所思所憶並非山中的礦藏、林木與貿易，更非都市中交際應酬的酣歌醉舞，而是一種堅實寧定且清爽無畏的生命情懷，或是能與文化心靈相互摩挲生熱的人生品味。

但我漸漸明白了我的徒然。

社會價値的功利、政治鬥爭的庸俗透過傳媒影響了大衆的心靈，這個時代理解古典與傳統的環境日益惡化，「水流心不競，雲在意俱遲」的境界顯得迂闊，而期待學生欣賞古典文學與重視文化傳統，似乎成了不諳世故的過分要求。當然我也明白每一個時代都有專屬於她的興趣與追求，並無對錯高下之分。只是當新的時代愈走愈快，愈走愈遠，古典與傳統像漸漸沉落的夕陽，那沐浴在殘光餘溫裡的我終究覺得遺憾，不僅是陳寅恪所說：「凡一種文化値衰落之時，爲此文化所化之人，必感痛苦」的那種失落感，更是因爲在新的時代中，種種虛榮、粗糙、盲從甚至於狂妄的亂象令人感到痛心與憂心，而我始終以為傳統文化所陶冶的人格，必然更加溫良與謙厚，更加讓人信賴。因此作為一個國文教師，心中的遺憾與其說是對舊文化的眷戀，倒不如說是對當代有種「如此人間悔有情」的無奈。

車行依舊，黃昏沉入黑夜，大地在朦朧間點亮了萬家燈火，我便想起印度詩人泰戈爾的句子：

「誰來接替我的職務？」落日詢問。

「我將盡力做去，我主。」瓦燈說。

這個時代國文教師就像暗夜中的瓦燈，承接了龐大而輝煌的文化傳統，但在無邊的黑夜中那點微光究竟能照亮多遠呢？唉！我是那火，隨時可能熄滅，因為風的緣故……。

# 菊花從此不須開

童年的記憶裡，開學一個月後就是中秋，接著是雙十，再來就是重陽了。整個清秋，就在淺淺淡淡的節日中化爲神仙的嚮往、武昌起義的緬懷與「遙知兄弟登高處，遍插茱萸少一人」的詩意。昔日外公最在意此節，總是搬來一盆一盆的菊花，金黃暗紫，綠葉白蕊，清秋的小園，滿是搖蕩的風雅之意。

現代人僅將「重陽」視爲一個老人的節日，腳步迅速的都會生活似乎已遺忘了這個傳統。《易經》中陽爻屬「九」，故農曆九月九稱爲重陽，漢朝以來就有過重陽節的習慣，當時以佩戴茱萸花、吃棗糕與飲菊花酒爲風俗。東漢時，桓景隨道士費長房學仙術，在此日登高避難而逃過人間癘疫，因此登高健身也成爲重陽的節日內容了。或許是因爲「九」與「久」諧音，故九月九給予人長久延壽的聯想，此時又逢仲秋，萬物蕭條而未至衰竭，清枯卻反見榮華，因此重陽特別有健勁的精神，是一個適宜感受天氣，思索生命的時節；同時也與秋來向榮的菊花有著密不可分的關係，唐朝以邊塞詩聞名的高適便曾因重陽那天：「節物驚心兩鬢華，東籬空繞未開花」而有所感傷。

既然重陽特別能提醒人類對生命的反省，古來吟詠重陽時節的詩句也最多，陶淵明在這一天說：「酒能祛百慮，菊解制頹齡」，讓重陽總是在菊的淡影與酒的微醺中度過，讓無盡的憂患遺忘在西風裡；而李白在一千多年前描寫的九日風光，與我們今天也並無二致：「今日雲景好，水綠秋山明。攜壺酌流霞，搴菊泛寒榮」，這樣明朗舒潤的秋色，眞使人也想攜酒伴友共遊秋山，在微涼的風景裡追憶逝去的人生，或寫下剎那間的微霜心事。

可惜近年的秋日卻總令人索然，中秋淹沒在一片烤肉的焦炭氣中，雙十節缺少歷史情懷，反而成爲政治的角力場與意識型態的宣傳日；而重陽更是一個被遺忘的佳節，似乎只有花市裡的菊花還記得國慶、記得重陽，因此努力而愼重地開得茂盛，金黃暗紫，綠葉白蕊，仍是故人傲然的風骨。這卻令我想起老杜晚年的悲慨：「重陽獨酌杯中酒，抱病起登江上臺。竹葉與人既無分，菊花從此不須開」。人世在喧鬧中吉祥如意，那盅文化的竹葉酒已經乏人品味了，寧靜而澹泊的菊花還開來給誰欣賞呢？

# 文采風流今尚存

白話文學的成功可以算是我國近代文化史上的頭一件大事，白話文學不僅產生了優美的散文與精彩的小說，同時也開創了前衛的現代詩，深信千百年後，說到民國文學的特色，應該可以「白話的國民文學」一言蔽之了。不過白話文學的興盛雖令人高興，但舊體文學的迅速衰落亦教人不忍，有時閱讀民國作家的舊體詩詞，感受總是莫名地深刻。

少年時代對王國維的印象是一位拖著晚清辮子的遺老，但他的詞：「試上高峰窺皓月，偶開天眼覷紅塵，可憐身是眼中人」，描寫人類的普遍悲劇，並表現出對這種無可脫逃的大憂患之悲憫。王國維投水後，史學家陳寅恪的輓詩「贏得大清乾淨水，年年嗚咽說靈均」也在我心中留下了深刻的印象。後來讀到了「縱有歡腸已似冰」的蘇曼殊，更是愛不釋手。這位生涯奇妙的詩僧豔句傳頌四方：「芒鞋破鉢無人識，踏過櫻花第幾橋」、「輕風細雨紅泥寺，不見僧歸見燕歸」、「還君一鉢無情淚，恨不相逢未鬀時」等詩，眞是旖旎得不像出家人的手筆。另一位中年出家的才子李叔同，詩詞也極好，「長亭外，古道邊」那首驪歌便十分動人；赴日時寫下的「破碎河山誰收拾，零落西風依舊」，實不減南宋憂國慨時的風姿，而「行矣臨流重嘆息，說相思、刻骨雙紅豆」的句子又顯出了他的委婉與多情。

不過民國舊體詩詞也不盡然全都可讀，像我在學術上相當崇敬的錢鍾書先生有少作「春有春愁秋有病，等閑白了少年頭」，作詩時錢先生纔廿三歲，這眞是有點強說愁了。另外郁達夫的名句「曾因酒醉鞭名馬，生怕情多累美人」，我便覺得近乎矯情，不是那麼喜歡。

可能因爲時近事熟，近代詩人的作品常使我們有更多的親切之感。數月前在呂正惠教授家中見到一幅書法，有句云：「從來天意難借問，如此人間悔有情」、「登樓欲盡傷高眼，故國平蕪又夕陽」等，其中況味切近時局，使人沉吟。後來知道是近人沈祖棻的詞作，輾轉借來她的《涉江詞》，捧讀之餘，深深欽佩她的高才：「搖落最憐江上樹，秋到天涯，何處無風雨？休共浮萍商去住，蓮房自守芳心苦。倚遍闌干還自語。一煞輕陰，未必眞成暮。萬水千山君莫誤，斷聽祇認歸時路」，這樣的作品，寄托時事於自然，景中有情，即使放在古代也應是唱遍宮闈與歌樓的名作吧！

白話文學自然便捷，古典文學典雅含蓄，各有各的佳處，誰也不能取代誰。民初劉大白的新詩〈西湖秋泛〉云：

湖岸上，葉葉垂楊葉葉風，
湖面上，葉葉扁舟葉葉蓬；
掩映著一葉葉的斜陽，
搖曳著一葉葉的西風。

這詩融合古詞的柔雅與新詩的曠放，風味殊絕，正是謝靈運說的：「誰謂古今殊，異代可同釣(調)」。

# 萬事萬物想起誰

有首甜美的英文老歌「All Kinds Everything Remind Me of You」，中文翻譯成「萬事萬物」，這是個歇後的譯法，完整的意思應該是「每件事都使我想到你」，歌詞中寫到了無論是雪花、帆船、蜜蜂、霓虹燈及空白的明信片等，都使她想起那位情人。歌曲的情懷有點老舊有點純眞，偶然聽到，不禁對這樣簡單的深情極爲嚮往，腦海不覺也浮現了那個在歡欣或是悲傷的時刻都會想起的人，孔老夫子所說的「思無邪」，我想應該就是這樣的意境吧。

《詩經》在我們國文系裡既是溫柔浪漫的愛情文學，同時又是艱深嚴肅的「經學」，在我心底對前者有更多的偏愛。這類早期民謠從生活裡出發，歌詠沉浸愛情的情緒，或是感嘆生命的勞苦，最常運用的也就是「聯想」的手法，看見美麗的桃花，便想起那位初嫁的新娘：「之子于歸，宜其室家」；看見著霜的蒹葭，便想起那位心中暗戀的佳人：「所謂伊人，在水一方」。簡單的文字優雅而含蓄地表露出無限深情，而透過這樣的聯想，幾千年後當我們看見一朵桃花或是一片蘆荻，心中又會重新湧現那樣純潔而美麗的情懷，這情懷會在片刻間佔據思緒，使我們忘懷現實中的煩憂。

聯想的確是文學中最重要的元素，但也帶著一些神秘的色彩。面對一樣事物，能夠超脫出老生常談而有新的聯想，大約就是所謂的才華了。這樣的才華一部分來自於博學多聞，因此可供聯想的材料也多；但我覺得善於聯想的作者一定有超乎常人的膽量與好奇心，能天馬行空不受傳統局限地任意思考，打破既有常規而建立一套自我的想像方式。像杜甫想念李白便說「魂來楓葉青，魂返關塞黑」，就是以超乎尋常的聯想建立起奇詭豪壯的意象；范仲淹寫〈岳陽樓記〉亦跨越了建築本身而聯想到仁人志士的胸懷，都令人耳目一新。不過聯想最終還是要有一顆滿懷情感的心靈，如此才能在萬事萬物中想起那令人懸念的身影，如此不費詞令便能打動所有人。

急促的現代生活常使我們遺忘了聯想，也使整個社會看似冷漠無情。但我相信，無論是夜幕低垂的燈火，白雲無憂的碧空，莫名的馨香或偶然的旋律，微涼的秋意中必然有誰在這些時刻佔滿我們的內心；那也許是等待，也許是緬懷，其中都有一些祝福，必然都是一次美麗的永恆。

# 值得珍藏的舊夢

寫了「花自飄零水自流」、「尋尋覓覓、冷冷清清」與「試問捲簾人，卻道海棠依舊」等名作的女詞人李清照，也寫過一篇〈金石錄後序〉，《金石錄》是李清照的亡夫趙明誠作的古玩譜錄，李清照藉著這篇後序回憶了她少女時代的婚姻與愛情，以及國破夫亡後寥落的生涯。李清照新婚之初國政清平，夫妻兩人省吃儉用攢錢收集了不少古物字畫，然而隨著北宋的覆亡，趙明誠在南遷途中因病逝世，李清照遵夫遺囑，在逃難時仍努力保存那批珍藏的書帖字畫，可惜官府的強取，盜賊的豪奪，使得李清照終究不能留下那些珍藏，文中最後，她說自己對於殘賸的「不成部帙書冊」與「平平書帖」都仍然「愛惜如護頭目」，眞不免要感嘆世人的無情與李清照的多情了。

我總覺得會珍藏小東西的人一定本心善良，一張電影票根，幾枚貝殼，壓在書本裡的楓葉……都是往昔的留戀。在〈金石錄後序〉中李清照也笑自己執著舊物的癡傻，不過稍有感情的人，大概都會對這樣的癡傻有些欽佩，有些感動，因爲李清照要努力保存的當然不是字畫古董的本身，而是一段人生的情緣與無限的記憶，而誰又沒有一些可貴的記憶呢？

文學是回憶的呢喃，而所有的回憶都來自於情感。有時我們在生活中匆忙奔波，事後想起，或許會覺得某一個人、某一句話乃至於某一種剎那的心情都澄澈玲瓏地值得回味，可惜一切都已遠去，在無從追索的當下只好用文字來留住那些歡喜或悲傷，也給予讀者一些提醒：人生不只是單純的追求而已，在追求的過程中或許會有比目的更可貴的東西值得我們收藏一輩子，因此我們必須不斷留心那些一閃即逝的小小恩寵，淡淡幸福。

近日在超級市場中看見了進口的柑橘，小巧澄黃，甜蜜可口。不禁想起了「一年好景君須記，最是橙黃橘綠時」的詩句。是啊，回顧這一年，春天雨後的長巷，夏日清晨的荷池，秋風裡高樓的詠詩，一年好景都值得永恆珍藏在心

145 值得珍藏的舊夢

底，在深冬時烤一盆火慢慢追憶，追憶豐盛又蕭索的人生。李清照在〈金石錄後序〉中得到了她的體會：「有有必有無，有聚必有散，乃理之常」，我很同意這句話，但有過、聚過又珍藏過的生命，又豈會害怕一無所有與繁華散盡呢？

# 來年計畫亦成詩

乾隆時代的才子袁枚很喜歡伊似村這首詩：「嬌兒呼阿爹，樹上捉蝴蝶。老眼看分明，霜粘一黃葉」，二十個字分明寫的是一對老小糊塗的笑話，不過袁枚認爲此詩是「天籟之作」。回頭想一想，語言雖然很質樸，但詩裡面表現出最簡單也最溫暖的親情，樹上的老爹與樹下的嬌兒沒有誰是誰非，一片黃葉的美麗錯誤構成了人間純淨可貴的圖畫。

文學宜講究天眞自然，若能把生活中的靜觀或微悟化爲文字，必然能感動在日常裡辛勞奔波的讀者。不過人生何其平凡，要將人人都懂的酸甜苦澀提升爲可供品味的文學，除了文藝技巧的嫻熟，最主要必須有過人的處世意境，才能在常人忽略的事物中，得到發人深省的延伸思考。而這也是我們應該多讀文學的原因，透過詩人的靈犀之眼，我們得以對這個世界有更多的澈悟與想像。

宋朝有位老和尚作了首詩云：「萬松嶺上一間屋，老僧半間雲半間；三更雲去做行雨，回頭方羨老僧閒」，能體認到人的奔波與雲的悠閒需要一種高妙境界；而能覺察雲的辛勞更勝於人，則又是另一種身心安頓的處世態度了。在忙碌的都會中，樹蔭下的咖啡座本爲片刻悠閒而設，但在現實裡往往成爲談生意、賣商品的場所，有時電話講完合約簽定，微燙的咖啡業已寒涼，剎那間的心境不知是成功的喜悅，還是「回頭方羨老僧閒」的感慨？

年華似水，浮生若夢，一年的悲歡最適合在一年將盡的此時細數。這幾日關於年終獎金與跳槽等話題，照例在舊年的尾聲中成爲社會關心的焦點，而明年度將要衝刺多少業績，又打算要完成什麼專案，大約都是現在公司會議的討論重點。橙黃橘綠的時節，偶然讀到了另一位老和尚的作品，亦是講他的年終心情與新年計畫：

落葉寒生徑，冬蔬秀滿畦。

要將茅舍補，試看稻堆齊。
窗破宜糊紙，墻穿合補泥。
春風待來歲，也有雙燕棲。

紛擾的世事中，回顧春夏已逝的繁華，但另一種無聲的豐饒亦在心底誕生；小小的寧靜與滿足裡準備著手修補漏屋破窗與土牆，何嘗不是整理一年來風吹雨打的內心？這樣平凡且瑣碎的詩意更有著人生的眞實，甚至於可以讓人聯想到一連串的勞動後，在一盅熱茶裡近乎透明的沉靜與喜悅。

那就像是趕了一年的路，疲倦的旅人終於在深冬黃昏望見故園燈火的闌珊。

# 焚琴煮鶴猶說香

有時我會想到諾貝爾文學獎得主高行健所說的：「文學……只是純然個人的事情，一番觀察，一種對經驗的回顧，一些臆想和種種感受，某種心態的表達，兼以對思考的滿足」，這樣的立場將文學視爲極純粹的藝術，無關乎道德教化，也不涉於理念宣傳。我經常有些迷惘，不知文學究竟該純粹探索藝術，還是必須肩負起傳達某種「正確人生」的責任？

事實上，有一批人，對文學也許內行，也許外行，但他們的工作便是藉著文學教育社會群眾。像清末的康有爲曾說：「六經不能教，當以小說教之」，顯然就把小說視爲指導人民的一項宣傳工具；他的學生梁啓超繼承了這個想法，更進一步說：「故今日欲改良群治，必自小說界革命始」，言下之意，要改革政治必先改革小說，今日看來，這不知是高估了文學的力量，還是低估了政治的複雜。

其實以小說教育老百姓，是古代說書人的拿手本領。像〈錯斬崔寧〉這篇宋代小說，講的是因爲一句玩笑話而誤了幾條人命的公案，故事一開始說書人便說：「世路狹窄，人心叵測」，因此勸人「顰笑之間，最宜謹慎」。又如在清代小說《鏡花緣》裡，紫芝小姐模仿說書人講了一段《論語》的故事，說子路被老農夫訓了一頓，仍然恭敬地拱手立在路旁，紫芝便「醒木一拍」，提出了一番訓誨：「列位，大凡遇見年高有德之人，須當欽敬，所以信陵君爲侯生執轡，張子房爲圯上老人納履，後來興王定霸，做出許多事業」。不過小說話本中這類意見多半膚淺，不是教忠教孝的封建倫理，便是警告你人心險惡的人生體會，再不然便是舉頭三尺有神明的宗教報應之說，把好好的文學欣賞課，上成了生活與倫理，使文學之美，完全被這些了無新意的說教給掩埋了。

文學當然也不是絕對排斥道德理念的伸張，只是文學的主體仍應是它的藝術構成，如讀到杜甫「白日放歌須縱酒」，我們需體會的是他以文字表現剎那狂喜的心境，而不必討論他飲酒過量是否有礙健康；朱自清的父親闖越平交道去買橘子，留在我們心裡的應是那沉重的背影，而不是是否開立罰單的疑惑。不幸我們的教育部長卻要我們教國文的除了文學藝術，還要告訴學生防災救難的道理。看來以後上到「勸君更盡一杯酒，西出陽關無故人」時，我也要醒木一拍，來一段置入性宣傳：「各位，酒後不開車，開車不喝酒。無論是渭城朝雨，還是潯陽江頭，不管你是斗酒詩百篇，還是三碗不過崗，只要酒入愁腸，切記不要御馬駕車，以免危險……」。

古人說的「焚琴煮鶴」，不知是不是這個意思？

# 童年書緣

有時幾乎已經忘記是怎麼走上文學這條路的。

最近看崔西・雪弗蘭著《戴珍珠耳環的少女》，無端想起小學時代讀過的注音版《畫室小童》，順帶也憶起同爲國語日報出版社出版的《蟋蟀、老鼠、貓》、《冰海小鯨》、《鬧鬼的夏天》等伴我成長的故事。

孩提時代所讀的書所明白的事物，究竟對於長大後有什麼影響，我猜即使是兒童教育專家也難以回答。就我自己的經驗，一些偉大的意念就像種子，埋在童年的心裡，也許有一天會隨著人生而長成巨木。像小時候讀了東方出版社寫給兒童看的《孤星淚》（悲慘世界），對於神父原諒尚萬強而救贖了他的靈魂一節，至今仍十分感動，似也決定了我對人性善惡的基本看法。現在回想起來，有些故事其實都相當感傷，像《冰海小鯨》最後以認識死亡與離別成爲成長之旅的結束；而《王爾德童話集》裡，〈快樂王子〉與〈夜鶯與薔薇〉、〈西班牙公主的生日〉等，都揭櫫了一個華麗而殘忍的世界。小時候當然讀不懂《孤星淚》裡社會主義的意涵，也不明白王爾德是那樣一個耽美的肉欲主義者，只是對故事中的弱者或英雄，有無限的同情與敬仰，也對每一本書與整個世界充滿好奇，這也許是後來走上文學之路的主要原因吧！

爲提升語文能力而閱讀、爲培養道德而閱讀、爲擴充知識而閱讀……這些都非閱讀的主要目的。我覺得興趣與習慣是兒童閱讀的最終本質，當父母關掉電視或要孩子停止玩電腦，他能欣然地拿起手邊的課外讀物津津有味地看下去，那麼他自然會擁有良好的語文表達能力、道德良知與豐富的知識。他也會慢慢走上細緻而溫柔的境界裡，懂得更多而要求更少，我以爲這是人生幸福的根源，也是人類文化的最大意義。

童年讀過的好書眞多，雖然那時的童書出版遠遠比不上現代的豐富與精緻。回想起來，許多故事的細節都已淡忘了，但在當下的人生裡，經常會忽然覺得自己明白了兒時故事中的那個隱喻。像《保姆包萍》的表哥有七個會實現的願望，但他都愚蠢地把它浪費在無關痛癢的事情上，但也從中得到了眞正的快樂，而我們不都是那愼於許願而鬱鬱寡歡的人嗎？前一陣子女詩人顏艾琳推薦《唐詩三百首》爲値得兒童一讀的好書，這一點我十分同意。只是像書中「解釋春風無限恨」的浪漫、「人生有情淚沾臆」的沉痛、「松風吹解帶，山月照彈琴」的閑散，雖然兒時便琅琅上口，但至今猶未能全然體會，也許努力使這些意境融爲生命情懷，是走上文學之路或繼續文學之路的小小原因吧！

# 墨淡情深

# 我有話要如何說

十幾年前有個轟動的口香糖廣告，用「我有話要說」一句臺詞表現了青少年煩惱的心事與無人傾聽的苦悶，對於「學生只要盡力讀好書，其餘免談」的社會觀念委實造成了一些衝擊。雖然不知道「我有話要說」與口香糖間有什麼聯繫，但是正在讀中學且成績奇差的我，還是因爲這句話不只一次購買了產品，咀嚼著似懂非懂的心情。

現在當了老師，每天都有說不完的話，也有固定的聽眾，但經常說來說去，總覺得有一句「心頭話」找不到適當的字眼來表達，這也許就像是有許多人，胸中禪機滿地，卻沒有一聯偈語；一生充滿傳奇，比任何小說都要精采，但卻從未寫出任何片段。文藝理論家朱光潛先生說明這種情況是：「缺乏運用語文的思想」。

語文人人能夠，在使用上頂多有精粗之分。但是「運用語文的思想」卻不一定每個人都具備。而成爲作家的，不過就是經常在訓練中強化了自己運用語文的思想，因此任何風景人事所給予他的刺激，都可以透過文字的形式表現出來。換一個角度來說，許多優秀的文學傑作，看似那麼平淡，卻又如此動人如此雋永，那就是因爲作者率先用文字寫下了人人都可以體會，但卻不易用實際文字描述的情狀。傳說李白過黃鶴樓看見「崔顥題詩在上頭」而不能作詩，這是因爲他的靈感、情緒與修辭術都被崔顥搶先用去，而無法再創新意之故，因此嘆道：「眼前有景道不得」。

如何運用語文表述難以言喻的動人情狀，其實就是寫作本身的探討，這種能力的培養實是有必要深究的。而我現在回想起來，在我心中吶喊「我有話要說」青少年歲月裡，如果將麥克風放在我的面前，我是不是眞能完整而準確地說出那些苦悶、壓抑與寂寥所帶來的憂傷？就像現在我站在超市的貨架前，面對五顏六色的糖果，獨不見那條風靡一時的「斯迪麥」口香糖，「姹紫嫣紅開遍，似這般都付與斷井頹垣」之慨油然而生，我想寫下剎那間的傷感，但搜索空空的口袋，只有銅板冷漠地鏗然作響，一時竟找不到哪個適當的詞彙來解釋，來訴說。

# 軟的，容易消化的，奶油的

一九一五年，在康乃爾大學的任叔永約了幾個女生共遊凱約嘉湖，泛舟閑賞之際風雨乍來，任先生一時興起，寫了一首古詩歌詠懷抱，事後並寄給在哥倫比亞大學的好友胡適之，沒想到這事竟成了我國白話文學的起頭，激發了胡適寫〈文學改良芻議〉等文章來鼓吹白話文。九十年過去了，雖然「我手寫我口」這類較爲極端的主張沒有完全實現，但白話文畢竟已取代了文言文，也有不少以白話文寫成的好作品足堪傳世。

不過寫好白話文似乎並沒有想像的容易，文言文只要依循既定的辭章法式，怎麼樣也可以寫出一篇琅琅上口的文章，像琦君女士幼時寫的古文〈蟻說〉：「夫蟻者，營合群生活之蟲也，性好鬥……」似乎也有那麼一點八大家

## 161 軟的，容易消化的，奶油的

的味道。而白話文裡要眞如「白話」，則文字必然囉唆平淺，令人不耐；因此我們的政府用語，總還保留了一點「戒急用忍」、「致國家主權有改變之虞」等半文不白的風韻。白話文的難處另外在於要使文字活潑風趣，必須巧妙地鎔焊許多口語或習慣性的用法於文字之中，但這些口語及習慣常因人時地而迥異，要深切掌握與運用非有相當火候不可。

舉例來說，專屬白話文之「的」字，用法就有幾十種，包括了修飾關係、領屬關係、省略關係等。運用妥穩，文從字順；安排不當，絆嘴拗口。像「有缺陷的第二手的材料」（《文學批評術語．文學史》，香港，牛津，頁343）似乎多了一個「的」字，寫成「有缺陷的第二手材料」就好；「以形式主義觀點看」(同前，頁345)則少用一個「的」字，若作「以形式主義的觀點來看」則似稍順。

還是張愛玲用得好，每次她與女友炎櫻逛街，炎櫻問她要喫什麼，她總回答：「軟的，容易消化的，奶油的」。此處「的」字的用法，《漢語大字典》解釋爲「造成沒有中心詞的結構」，用來「代替上文所說的人或物」或是「指某一種人或物」。張愛玲在白話文中捕捉瞬間口語，簡潔生動之外，又表現了兩人的相知與親暱，這大概是胡適最神往的那種語文。那種語文，對於大眾讀者來說，應該也是：軟的，容易消化的，奶油的。

# 感冒的詩

春日優柔，時而乍暖，時而還寒，不知不覺便感冒了。幾帖猛藥，喉頭的疼痛稍減，嚴重的鼻塞與發熱也消失了，只剩每日淤塞咽喉的黃痰，除了上課前一陣猛咳，引得學生以爲我在故作威嚴警告大家肅靜之外，整個情形似乎沒什麼大礙，也不知該不該繼續用藥。這樣的情形，使我想起了大學者錢鍾書先生在一篇討論宋代詩歌的論文裡，說宋朝詩愛用典故是一個缺點，明朝的詩人表面上反對好用典故以炫學的習氣，但骨子裡仍不脫這樣的作法，這種文藝現象，他形容說：「彷彿鼻涕化而爲痰，總之感冒並沒有好」。

「比喻」是最普遍的文學手法，無論詩、文或小說，確切而新鮮的比喻總能爲作品加一些分數，像張愛玲的小說〈琉璃瓦〉（這題目本身就是一個妙喻）

裡面，形容一位新嫁入豪門的少婦：「……穿著泥金緞短袖旗袍，人像金瓶裡的一朵梔子花」，那種富貴而素淨的情態宛在眼前。

不過作學術論文，因爲著重歸納分析，有那麼一點科學的嚴肅性，所以文字往往以簡練明確爲主，「比喻」這類文學技巧的使用似乎不是那麼被重視。但是若能適當地穿插這類妙喻，我想對於讀者的理解與閱讀時的趣味，一定更有幫助。像莊子不失爲我國第一流的文章家，談天人之道的議論散文，妙喻翩然，〈齊物論〉裡「蝶夢」的人生之喻不僅我們中國人懂得，當代阿根廷的小說家波赫士也爲之著迷，他說：「蝴蝶有一種優雅、稍縱即逝的特質」，允爲人生如夢的最佳譬喻。而錢鍾書亦是此中能手，像《宋詩選注》裡面沒有選大儒葉適之詩，反而選了一些小詩人的作品，他解釋說小詩人就像麻雀，雖然無法遠飛，但終究不失爲飛禽；而葉水心這類「大儒」好像鴕鳥，雖然力氣大也有翅膀，但終究不能騰空離地。以「飛翔」的意象點出了學問家與詩人作品風格上的差異，傳神極了。而其用「感冒沒有好」來比喻詩風之沿襲，也別有一番趣味。

這個妙喻又使我想起了有回見到一枚閑章，刻的是「煮字爲藥」。我想無論古今，作詩摛文，也許都要細心慢火像熬湯燉藥一般，提鍊出字句的眞淳，那麼大凡詩文疢疾，無論是涕是痰，或許都可因此而癒吧！

# 怕的是「分梨」

都說現在學生的語文程度下降，不過語文程度畢竟是一個廣泛的統稱，涵括了：閱讀速度、理解能力、字彙多寡、口語表達、文字組織能力等。這些能力是進是退我不敢遽下斷言，不過如果諧音雙關的聯想力也包括在語文程度當中，那麼這一項肯定是進步的。

校園裡，中文系的學生可能身穿「中(鍾)愛一生」的系服；會計系辦活動插的旗幟則寫著「大會(快)人心」；若是有張「資(咨)爾多士，爲民前鋒」的海報，不用懷疑，這絕不是校園黨部的文宣，肯定是資訊系貼出來的。這個現象或許肇因於中文注音輸入法，年輕人在網路上聊天或以行動電話傳簡訊時，因爲要節省輸入時間而任意選字，於是便造成了同音異字的情況特別多。一個句子光憑目讀往往不知所云，但唸出聲音來就可以恍然大悟了，所謂「火星文」可能也是發軔於此。有時這些同音字的任意組合反而產生了令人會心一笑的「美麗錯誤」，因此慢慢形成風氣，帶動了許多流行文化，如歌手張惠妹的專輯是「妹（魅）力四射」、周華健是「光陰似健（箭）」等，都讓大眾習以為常，見怪不怪。

有人說學子濫用諧音雙關的情形一來容易積非成是造成錯字連篇；二來則是代表了創意的匱乏，他們只能依照聲音的相似去作聯想，無法透過細微觀察或自身學養，對被描述的主體作出更貼切或是更具文化意義的呈現。此言不差，我國文學中，諧音雙關大都用在民間文學或通俗文學裡，如民歌、小說之類。南朝時候的吳歌、西曲就特別多這樣的例子，如：「明燈照空局，悠然未有棋（期）」、「桐樹生門前，出入見梧子（吾子）」等，雖然後世偶有文人喜愛這種純樸天然的文學技巧，便模仿寫出了「東邊日出西邊雨，道是無晴（情）卻有晴（情）」之類的作品，但實際上民歌作者仍多是未受文化深度薰陶的市井之民，因此也只會用諧音這最粗淺的方式抒情達意。

最近讀《白雪遺音》，有一則〈小金刀〉頗為有趣：

小小金刀，帶在奴的腰裡，又削甘蔗又削梨，又削南荸薺。哎喲！又削南荸薺。削一段甘蔗，遞在郎的手；削一個荸薺，送在郎的口，甜如蜂蜜。哎喲！甜如蜂蜜。郎問姐兒，因何不把秋梨削？你我的相與，忌一個字，梨子兒不要提，哎喲！怕的是分離。

這樣活潑嬌媚的風情大概可以說是民間文學的典型了，其中也藉諧音妝點出了小小興味。

但現代社會諧音的氾濫使用，不僅使人倒足胃口，似乎眞也突顯了語文修養的貧瘠與語文趣味的淺薄。中文修辭的多樣性，以及歷史文化的表述傳統，應該都能找到比諧音聯想更精確、更具美感的表現方式。因此我總覺得，無論在校園中或是一般的傳媒上，設計文案或擬定文宣時，實應試著少用諧音，多往其他的修辭手段來努力才能見其內涵。

# 風格與人格

「風格」是有點抽象的東西，在文學裡，它包括了作者對語言的使用，以及在作品中所呈現的處世觀，更進一步說，風格是一位創作者以文字呈現自我的方式。大凡名家，皆有其獨特風格，如濃髯俠客或是素衣美女，有風格的作品總令人難忘，或是說令人難忘的，正是作品中的獨特風格。

美學家朱光潛以爲論風格不應在語言的枝枝節節上糾纏，藉著探討用字造句以說明某人文章風格，這無異是緣木求魚，應當回歸法國科學家布豐所謂「風格即人格」之說。這是極具手眼的經驗之談，而所謂的人格，並非單指世俗道德上的價值判斷，而是一種人生境界深刻的表現。具有動人風格的作品，所呈現的往往就是深厚的情感與睿智的哲理，而這也即是作者本身的處世態度。像琦君的散文親切有味，行文中偶以詩詞寄托情感，這是她的風格，而現實裡她本人也是那樣怡然和藹，並對我國傳統文化有深厚的理解與熱愛；木心的散文理智而削刻，冷眼冷嘲是他的風格，我想他的人生必然也是那樣狂狷孤高的。因此文學藝術之風格，雖然不能完全脫離文字運用的匠心而獨立存在，但這文字其實就是人格的反應。「母親在忙完一天的煮飯，洗衣，餵豬、雞、鴨以後，就會喊著我說：『小春呀，去把媽的書拿來』。」這樣平易而稍帶些囉唆的文字不也正是琦君本人；「我喜歡小動物，不喜歡小孩子。『草色遙看近卻無』，小孩子的可愛，似乎就如這種初春的草色」，又自我又敏銳，這何嘗不是傲世的木心。

風格來自於本心，一種風格能引起一部分的共鳴，必然引起另一部分的反感，因此表現自我而不譁眾取寵才有建立風格的可能，這樣的風格也才有價值。不過那些令人留下深刻印象的風格，或是能給予世人啓示的風格，則有賴於作者本身的識見不凡或品味的卓絕，這可能就需要一些人生的歷練與涵養了。

宋朝的惠洪和尚在《冷齋夜話》中形容「老健有英氣」的句子：「如奇男子行人群中，自有穎脫不可干之韻」，我一直覺得這說法貼切形容了「風格」一詞。風格區別了人我，判斷了高下，不可學、不必仿。因此初學創作，宜多體會名家風格建立之所由，再透過不斷的內省與練習去找到並呈現自我，久之，信手行文，便自然具有「穎脫不可干之韻」了。

# 聯考作文，風雲再起

國中升學的基本學力測驗是否要加入中文作文的測驗，近來又成爲升學話題。從各個角度來看，中學生能用良好的中文適切地表達自我思想，應該是相當重要的基本能力，符合所謂「基本」學力測驗的精神，同時對當前語文教育，乃至於傳統文化的維繫，應該都有正面的意義。學測重新納入作文，值得肯定。

不過考作文最大的爭議在於評分。一方面，在數十萬份的考卷中，怎樣統一所有閱卷人員的評分標準，使老師們在短時間內細緻地區分出一兩分的差別，對於某些考生而言，一兩分或許就有重大的影響。這因爲關涉了公平性的問題，應當謹慎。另一方面，文章寫作有其思想性，倘若有學生突發奇想，以挑戰主流價值出發來撰寫，是否能見容於閱卷老師，值得思考。如果離經叛道、背離主流價值的作品在審閱中一概遭到否定，那麼作文測驗是不是類似明清八股文，變成了箝制思想的工具，或只是訓練學生空口說白話而已。譬如說我們從前寫作文練習，有個老八股的題目「讀書與救國」，我偏偏寫讀到一本好書充實知識陶冶性靈，讀書時沉醉其中完全沒想到要去救國；而救國人人可以，販夫走卒無論有沒有讀書，都可以加入救國的行列，所以讀書不爲救國，救國不必讀書……。這樣的文章算是「審題不清」，當時是零分計算。平時練習固然可以這樣調皮，但眞正在考試時大概也只能循規蹈矩地寫主考官想看的了。

所以如何找到適切的出題、閱卷與評分方式，是作文測驗的第一步。目前大學的學測國文科非選擇題部分的設計就可供參考，從題型上分別測試出學生觀察、聯想、思考、組織、表現、修辭等等語文能力，避免了主觀的價值判斷，使「作文」不僅是「寫一篇文章」，而是從創造一篇文字作品的過程中，區別每一個人的語文程度，如此才有評量的意義。

說也奇怪，我以前在學校作文成績還不錯，甚至代表學校參加過作文比賽，但聯考作文分數都相當低。大學聯考總分四十只考廿一分，算是不及格的成績，苦笑之餘，也只能安慰自己說不定是像《儒林外史》裡的范進，文章要考官看三遍才看得懂，才拿得到分數了。

# 超越闈場裡的狀元夢

上一回談到了基本學力測驗準備恢復考作文，四月廿五日《中時》記者蔡曉穎在〈法蘭西學院的不朽使命〉這篇報導中說：「對於法蘭西學院來說，不會正確書寫的人，也不會正確思想，更不可能正確統治國家」，此說或許提供我們一個思考的方向。「寫作」是語文的綜合表現，也是現代國民應具備的基本素養之一，因此中學的語文教育應該承擔起寫作訓練的重責大任。

我國自唐朝以詩賦取士，文學成了傳統知識份子的重要技能，也成爲社會階級流動的主要管道，封建時代，各種小說野史對於「科舉」的傳說與描寫最多，像《舊唐書》裡說詩人錢起在客舍中聽聞鬼語吟詩曰：「曲終人不見，江上數峰青」，後來考科舉時題目是「湘靈鼓瑟」，他正好拿這兩句詩作結，因此得以順利登科。另外像「鬱輪袍」的故事裡說王維以走後門的方式奪取狀元；「百會渡」的故事裡說宋朝的蔡襄還沒有出生便注定將來長大會成爲狀元，使得專門翻船喫人的妖怪不敢在蔡母所坐的小船旁興風作浪。這些記載反映的是對科考的敬畏，也反映了傳統中國文士，人人心底都有一個狀元夢。

不過自明清以八股文取士，士人爲求功名，往往只在四書五經裡鑽研，浪費了無窮的青春與精力，也無補於人生、學術乃至於國政。《聊齋志異》裡有一篇可悲的故事〈考城隍〉，說有位讀書人病死了，到了陰間第一件事還是在寫八股文考科舉。這個故事神怪的部分並不讓人害怕，眞正恐怖之處，是故事裡表現出科舉時代那種無法遁逃的文化制約。而《紅樓夢》中則處處表現出對八股文的批判，有一次賈政聽說老學究賈代儒在教寶玉讀《詩經》，便說：「《詩經》、古文一概不用虛應故事，只是先把《四書》一氣講明背熟，是最要緊的」，等到大觀園落成，眾人請賈政題個匾額，擬副對聯，賈政只好承認自己「縱擬了出來，不免迂腐古板，反不能使花柳園亭生色」，如此人生，豈不可嘆？

故此我以爲中學生的寫作訓練，不只是在於教學生如何虛應故事完成一篇命題作文，而是教會學生如何體會生命、培養美感、融入情意與沉思眞理，然後才是語文的表達。考試或許能引導教學，但卻不能決定成就。就像詩聖杜甫屢試不中，文豪蘇軾當年也不是狀元，但是他們充滿深情與美感的詩文，卻都是我國文化裡無可替代的永恆魁星。

# 準確的辭語

最近在《讀者文摘》上看到一則笑話，說有位主人請客吃飯，一一詢問客人如何赴會。甲說坐計程車來，主人連說「瀟灑、瀟灑」；乙說自己開車來，主人又說「時髦、時髦」；丙靦腆地說騎腳踏車來，主人大讚「清廉、清廉」；丁尷尬地說是走路來的，主人豎起大拇指說「健康、健康」；最後一位存心刁難，說自己是爬著來的，主人面不改色地驚嘆「穩當、穩當」。我很佩服這位主人，總能用最確切的話語來形容各種處境，他是一位不折不扣的語文專家。

藝術表現在乎準確，藝術家所努力的，便是透過符號來傳遞自己的信息給觀眾，使觀眾透過符號閱讀，便能明白作者所要表現的意念。以寫作來說，寫作就是一位作家妥善地選擇字詞，並透過合理的安排，使讀者能清楚地進入他的思想與情緒中。但事情卻又不是那麼簡單，藝術有時因爲要顧及美感，因此作家便不能太過直接，在主張含蓄爲美的時代，作品要以暗示或比喻的方式表現；在重視辭采聲律的時代，作品便透過大量的修辭或押韻，以造成視覺與聽覺上的美好。這些追求，有時影響了作品，使其旨意晦澀不清。我還記得大學時代讀李商隱詩，老師講到「滄海月明珠有淚，藍田日暖玉生煙」，說這兩句眞美，美到讓你看不懂到底是什麼意思。這類作品總在一瞬間滿足了讀者追求「美」的心靈，卻留給求眞的讀者無限迷茫。

我以爲詩歌朦朧無妨，但文章還是清楚一點的好。因此作者在選擇字詞上，安排句子上，都應更加推求以符合外在環境與內在心境。像豐子愷老先生的名篇〈漸〉，第一句說：「使人生圓滑進行的微妙的要素，莫如『漸』」，以前我覺得「圓滑進行」四字頗怪，想了許久，「順利進行」好像太俗，「安穩」似乎太平，「自然」失去焦點。「漸」所形成的生命樣態，眞的好像只能用「圓滑」才能精準表現了。這自是散文家的功夫。

描寫除了追求表面的清晰，用隻字片語來點明某種曖昧的狀態，也是一種才能，像笑話中的主人對每個人的評語，都含有某些性格上的暗示，這是他能看透表相直抵本心的高明，而小說家最需要這種透視力。還記得白先勇寫尹雪豔要勾引實業家徐壯圖：「徐壯圖回頭看到尹雪豔……一對銀耳墜子吊在她烏黑的髮腳下來回的浪盪著」，寫物、寫人、寫心，「浪盪」兩字怎麼看，都是準確而成功的。

# 「作對」藝術

「對」是一個奇妙的字，在古代本來是指「回答」，所謂「對答如流」是也。因爲有問，所以有「對」，因此「對」漸漸衍生出兩個相反的概念，一個是相互敵視的「對立」，一個是互相結合的「成雙成對」之意。更妙的是由於我國文字單音獨形的特色，「對」也發展成爲一種特殊的修辭術：「對偶」，有人進一步將此技發揚光大，使「對聯」也成爲一種文學形式，據說我國第一長聯總共一百八十字，有如一首長詩，光緒十四年時題在昆明大觀樓上。

「對偶」的技巧大量運用於我國古典文學中，有人說律詩只須中間兩聯對偶，但杜甫經常八句皆對；有人說絕句可以不用對偶，但杜甫偏有「兩個黃鸝鳴翠柳，一行白鷺上青天」的絕句。有時我覺得古人以「作對」爲樂，在類似文字遊戲的趣味中，得到印證才學的滿足感，因此有「色難」對「容易」；「魑魅魍魎四小鬼各異肚腸」對「琴瑟琵琶八大王一般頭面」這種妙對的記錄。

不過在民國六年，胡適之先生提出的「文學改良芻議」中，大力反對詩文對偶，因此白話文學中，對偶行文的狀況日少，民國初年的軍閥馮玉祥詈罵吳稚輝「蒼髯老賊，皓首匹夫」，這麼工整的對仗在我們今日看來，似頗有幾分做戲的謔腔。不過現在我漸漸覺得，白話文中能偶爾點綴一些對偶或排比的句法，那麼文章便立時精神抖擻，令人眼前一亮。

「雨天的墨盒，風中的香爐，賣花聲裡的長巷，風雪迷離的石橋，河邊柳稍的冷月，都只賸了一張張泛黃的舊照片」（董橋・回去，是爲了過去）這樣的句子並不減損白話文的明白清晰，卻更有了情境的美感與音響上的節奏感，格外引人遐思。「成熟是一種明亮而不刺眼的光輝，一種圓潤而不膩耳的音響，一種不再需要對別人察言觀色的從容，一種終於停止向周圍申訴求告的大氣……尖利的山風收住了勁，湍急的細流匯成了湖」（余秋雨・蘇東坡突圍）相承相應的對偶句勢中，巧妙地完成了對「成熟」的定義。從這些文字可以看出，白話文的對偶，不僅是對文辭語句的修飾，更是對思緒的提鍊。

我的體會是散文中「敘事」較不宜對偶，「描寫」加入適當的對偶則有助於文采，而「議論」多運用對偶則不僅使語調鏗鏘，在固定的韻律中，藉由形式的接受而使讀者進一步融入內涵的感化，當能收到最大的效果。因此在什麼文體中如何「作對」，非徒雕蟲小技而已，乃是文學中一門值得探索的創作藝術。

# 清順的譯筆，暢達的中文

翻譯是一項艱難的事業，不僅要有豐富的感受力與想像力，更要學貫中西，能將Please do not spit（請勿吐痰）譯成：「隨地吐痰得人憎，罰款兩千有可能。傳播肺癆由此起，衛生法例要遵行」，實在要點工夫。我從來沒有精通過哪一種外文，對翻譯這事更是一竅不通。以前唸研究所時有門「漢學英文」的必修課，要讀一些西方漢學家討論中國文學的英文論文，光是弄懂那些子句中的子句與各式專有術語便應接不暇了，文中奧義僅能十得其一，每回上課討論總是誠惶誠恐，輪到我翻譯解釋時不免左支右絀、結結巴巴，因此也更加欽佩從事翻譯的專家了。

只是近來讀翻譯小說，深爲其譯筆所苦，倒不是因爲錯解或誤譯等較深的專業問題，而是這些譯文有時根本文句不通：「我端著收拾好的零星幾件碗盤趕緊逃走」、「快去準備妳自己」、「湯姆按鈴把管理員叫來，要他去買一些很有名的三明治回來，可以餵飽大家的肚子」……。這樣的句子雖然無礙於意思的傳達，但讀多了卻十分難受，忍不住想拿枝紅筆幫他改順一點。林以亮在〈翻譯的理論與實踐〉這篇文章中引述林語堂的意見，說翻譯所倚賴的條件有一項是：「有相當國文程度，能寫清順暢達的中文」，這一點我深有同感。

什麼是「清順暢達的中文」殊難定義，嚴格說來，即便我們純以中文寫作，要完全達到這個標準也頗有困難。就翻譯而論，可能是指至少要合於中文文法或語言習慣。以上述的譯文爲例，中文很少說「零星幾件碗盤」，而是「賸下的碗盤」；中文裡也很少用「準備妳自己」，基本上，反身用法（yourself）在中文裡往往不必說出，對話中"Have you hurt yourself?"就是「有沒有受傷？」，而不必說：「你傷到你自己了嗎？」我深信這些問題，專業的翻譯必然比我更清楚，只是有時看英文看多了不免受其牽累而不自覺。因此保持清醒的中文自覺與不斷順稿，必然能替譯文加分。

最近重讀林語堂的《蘇東坡傳》，此書當年以英文撰成，翻譯的宋碧雲在序中說她曾爲了正確地譯出林語堂寫的一句英文，翻遍了《蘇東坡全集》尋找出處與上下文以便加以對照，這眞是最盡責的翻譯了。或許是這樣的關係，有時我讀到：「現在蘇東坡因爲需要而務農，又因脾氣和天性而變成隱士」、「拉起窗簾，由躺椅上看見千艘船隻沿江下行，遠處水天連成一色」等這些句子，大略能領會林語堂所謂「清順暢達的中文」是什麼意思。

# 好好寫字

新年將屆，最恨收到一張封面明媚的賀卡，可是裡面卻用電腦字列印上「恭賀新禧」、「某某鞠躬」等死板板的字樣。總覺得這樣的問候毫無誠意，比不上親筆寫來的那種溫暖。不過這樣的溫暖是日益薄涼了，電腦的普及使我們處理文書愈來愈便捷，卻也漸漸縮減了親手寫字的機會。整體看來，我們這一代的人字跡不若上一代俊逸，而下一代又不如這一代工整。我猜未來許多寫字的天才，很可能都要被鍵盤與輸入法給埋沒了。

學生時代最佩服板書寫得好的老師，信手拈起粉筆便可在黑板上留下美到令人不忍擦去的字跡，無論是詩詞古文，都多了幾分悠遠意境；即便是冷硬的理論文字，在縱橫挺拔的筆畫裡好像說服力也增加了不少。說實在，有了這筆板書，大概不用印講義，不用做投影片，power point之類的輔助更屬不必，上課時寫寫黑板，便已使學生不虛此行。

宋朝的書法家黃庭堅有詩云：「閉門覓句陳無己，對客揮毫秦少游」，陳無己就是陳師道，字後山；而秦少游則是秦觀。說也奇怪，後山與秦觀同爲東坡門下才士，但不僅陳師道自認東坡偏心秦觀，連後代馮夢龍的小說《醒世恆言》裡，娶得蘇東坡小妹的也是秦觀而非陳師道。我想其中原因，就在於秦少游有對客揮毫的風流才思，而後山先生則像一個古怪的老學究。若以《三國》人物來說，秦觀近似周瑜而師道近似魯肅；以新月詩人來說，則秦觀像是徐志摩而師道則如聞一多了。其實，對客揮毫不僅要有敏捷的詩才，一手好字更是重點。可惜現下社會能「對客揮毫」的場合不多了，要當秦少游也失去了機會。

我國文化向來重視個人內涵，是故「字如其人」之說，即是透過書寫的藝術品味來鑒察人物的修養氣度，虛矯造作或是任真無偽、草率馬虎或是小心謹慎，都可以在字中窺得一二。惟現代人字寫得少，這樣的判斷恐怕也有一點失眞。以我自己的經驗，不再動手寫字一來書法不易長進，二來很多字因爲習於電腦輸入，到底筆畫如何反而有些模糊，有回在黑板上就是寫不出「龜」字，搞不清楚牠哪邊有幾隻腳，又有一次要寫「鰲」（音ㄠˊ），竟怎麼都鰲不出來，眞是氣急敗壞。故我以爲字宜多寫，E-Mail、MSN等方便的設備宜少用，信件不急的話不妨手書以示其眞，又可作爲永久的紀念。最好隨身攜帶一本小冊子，信手記錄感想或抄下偶見的佳句名言，一來爲走過的生命留存痕跡，二來增益自我文化內涵。若是能從其中練得一筆超凡的書法，那人生更是受益無窮了。

# 方圓大道，黑白藝境

一

自從韓國人稱雄棋壇，關心棋訊的熱忱逐年減低，不過近來最讓人振奮的事，莫過於我國旅日圍棋名手張栩打敗日本強豪棋士依田，獲得了「名人」。「名人」與「本因坊」是日本棋壇兩個歷史最悠久的頭銜，目前都被張栩所佔有，而日本近代棋史上能夠同時擁有這兩個稱號的也只有五人，其中包括了數十年前名震東瀛的國手林海峰。

被日本視爲國粹的圍棋發源於我國，是人類今存最古老的益智遊戲之一，棋子分爲黑白是陰陽兩儀，盤面三百六十點是「周天之數」，一局四角則爲一年四時，這樣的象徵說明了最早的圍棋很可能與天文算數有關，不過在成爲競爭的遊戲後，由於動靜方圓之間的風雲變幻也頗似人間時局，因此我國文化裡的棋喻也相當豐富。

《晉書．謝安傳》描寫東晉謝安面對苻堅大軍壓境之時，依然鎮定如常，與其姪謝玄賭棋別墅，以往技高一籌的謝玄因爲掛念軍事戰守，無心於盤上，因此當日大敗，也成就了謝安心如止水的歷史風範。唐宋以後棋道普及民間，帝王、文士、僧道、婦女乃至於鬼狐，都喜愛下棋，唐傳奇〈虬髯客〉中藉著道士罷手斂弈以喻示天下歸屬李世民的結局；杜甫名詩〈秋興〉中「聞道長安似弈棋」則表現出安史亂後大唐政權的危亂，兩相對照，令人感慨。南宋偏安江南，志士陸游寫下了「枕上數聲新到雁，燈前一局欲殘棋」的詩句來表達國事與自己壯志的無端飄零。明人小說〈小道士一著饒天下．女棋童兩局注終身〉寫的是棋裡的情愛，表現民間的啼笑姻緣。我國「棋詩」最多的是明末清初的文人錢謙益，他用大量的圍棋描寫來表現當時政局的起伏，當他聽聞吳三桂殺害永曆帝的消息後，感悟曾經一片大好的南明氣象終告毀殞，悲憤中寫下詩句：「白神猶護帝台棋，敗局眞成萬古悲」，其中傷痛，曾在盤上痛失好局的人或許更能有所體會。而衍譯波斯《魯拜》的黃克孫教授則有「縱橫日夜爲棋局，枰上千秋劫正濃。轉換騰挪猶未了，殘棋一一入壺中」的絕句，表現了世事爭奪中，常人不能體悟自我生命的短促無常之可笑可哀。

有時閒暇無事，隨手翻翻宋朝張凝撰寫的《棋經》，深覺當中文字，不只在教人博弈，而是更宏觀地審局斷勢，指導人生的取捨之由：「與其戀子以求生，不若棄之而取勢；與其無事而強行，不如因之而自補」、「善陣者不戰，善戰者不敗，善敗者不亂」、「沉思而遠慮，因形而用全。神遊局內，意在子先」。能夠心神領會這些格言，我想不止棋藝精通，人生也將因此而洞明與豁達起來。

## 二

據說中國古代圍棋，臨弈之初，先在四角星位各置黑白兩子，棋局便由此展開，但日本圍棋則盤面上空無一物，任由棋手自由發揮。因此我國古譜之棋善於攻殺亂戰，而日本圍棋則長於構陣佈局。近代圍棋在吳清源大國手的改良下，有所謂「近代佈局」，蔚爲當代風潮。

所謂「佈局」，即是預先設計一套完整的理想藍圖，將每個環節納入一套系統當中，彼此有機呼應，決不落單，成爲一個綿密的組織。其實不僅下棋，舉凡園林、宴會、音樂、書畫、文學都必須有佈局才能成功。惟近來批閱學生作文，文筆並非不佳，思想也頗富機趣，只是段落間缺少安排，好像想到什麼就寫什麼，零零星星而使人索然。

文章裡的佈局，在過去制藝時代，最講「起承轉合」的章法，所謂：「首尾開合，繁簡奇正，各極其度」（明．王世貞《藝苑巵言》），但這類章法，單調死板，似乎也最爲才情之士所輕蔑，他們認爲偉大的藝術傑作，絕對是超越於這些理論教條的。當代文章，名爲「散文」，「散文」還要佈局，還要首尾開合，似乎就成膠柱鼓瑟了。因此談文章章法的理論多有，但眞正於此實踐的卻很少見。

不過近代流傳最廣的好文章，大多佈局精微，像圍棋高手，東下一手，西落一子，看似全無要緊，但一朝發動攻勢，卻能令人頓覺處處異峰突起又環環相扣，如《三國演義》裡描寫諸葛亮赤壁一戰，實可擊節而賞。像朱自清寫

〈背影〉，第一句伏下全篇之筆，開始一路寫父親的狼籍、父親的優柔、父親的迂，直到兒子不耐煩了要趕父親走，父親卻千辛萬苦地抱了朱紅的橘子回來。這一段轉折與前面幾段概略的寫法不同，全用細筆，爲的是讓讀者領略要從細微處才能深深體會的愛，此時老邁的父親主動要走，作者卻反而不捨了。就傳統的章法角度來說，〈背影〉先棄後取，欲揚還抑，試想如果一開始就寫父親種種的可愛，那蒼茫的背影也就不見深刻了。全文在吞吐之中，寫出了每個人都曾因自我膨脹而輕忽了最細微的感情，並且在刹那覺悟之後心中滿溢的惆悵。

不僅是朱自清的作品，最近重讀魯迅、周作人等的小品，亦覺其中章法儼然，總有呼應之妙。小說家白先勇至情之文〈樹猶如此〉，寫樹寫人，看似錯雜紛沓，仔細一辨處處都是伏筆是呼應，在簡單的敘述中傳達了「人何以堪」的惆悵。而我最佩服香港雜文家董橋，千字內的短章竟都有堂廡之奧，一半的原因就在於佈局巧妙。

不過法死人活，好文章實在沒有必然的「定法」。唯一不變的是多讀，然後自覺性地體會一下作者的巧思。久了以後，文章或許可以像那些水窮雲起的圍棋高手，有意無招之間，已完成圓融的藝境了。

# 後記

「不問清瓢與濁瓢，不分寒食與花朝。酒泉歲月涓涓盡，楓樹生涯葉葉飄。」這是學物理的黃克孫教授衍繹古波斯《魯拜集》中的詩句，無端讓我想到李商隱「座中醉客延醒客，江上晴雲雜雨雲」的句子。前者瀟灑而後者悲涼，在我品來，都是悟透人間的意境。

隨手翻亂去年寫下的稿件，一方面驚覺時光的流逝是如斯迅速，一方面則讓我也細細重憶起了去年的時事與生活。其實心裡大概明白當下的確是所謂現世安穩生活靜好的日子，然而對紛擾的外在世界卻總有許許多多的怨懟乃至於激憤，看慣了那些眞醉假醒的世人，忽晴忽雨的天候，慢慢地從一個懷疑論者，進而成爲一個悲觀論者與絕望論者。這時眞是不免好笑，過去課本裡寫到的識字而憂患、不以身之察察而受物之汶汶的這類悲愴性格，好像眞是無可逃脱的宿命，讓我們對這個時代滑稽地懷憂喪志了起來。

所幸每在失望的時刻，文學總能給予我最大的安慰。

文學爲我帶來了省察世情的智慧，也爲我帶來了意象上純粹的美感；就像在薄霧清晨裡有隱約的鳥鳴，或是積雨的黃昏中突現晴陽那般讓人喜悅。在我自己的寫作中，我總是羨慕那些睿智的哲人，輕而易舉地點破人性與世界的虛妄，卻又能以無限的胸襟憐憫與包容那不完滿；我也羨慕那些學養贍博筆端豐盈的作家，行雲流水間便展示了人類文化的燦美與藝術技巧的精深。對我而言，寫作實是極辛苦之事，古代那些倚馬可待的才思，落筆成文的風流，只能是心嚮往之的境界而已。就像本書多是去年《中國時報》每週一次的專欄，篇幅雖然不長，但每一篇章皆苦思良久，反覆再三，最後時間促迫下不得已而寄出，刊載出來以後又會自己發現一些可再商榷的字句，需要斟酌的設計……。不過在這個過程中，我更加堅信除了少數天才可以一揮而就即成名篇，多數文章需要多修多改才能穩妥，不幸我們身處於強調效率的時代，緩雕慢磨的手工業氣氛已成陳跡。這是我爲舊作所深惜的，因爲從容才能帶來優雅，優雅才能眞正傳達情感與技法的深與細，但時間的促迫總讓我寫得倉皇不已。

相對於詩和小說，散文寫作的藝術性並不明確，它的曖昧在於多數讀者能憑閱讀輕易分辨優劣，但即使專家也很難整理出完整的散文美學理論。這也讓我在寫作時必須更加小心謹愼，並且總是企圖在字裡行間實驗一些新的東西。就像曾聽人批評我文章老氣，但這也只是我嘗試回歸傳統以練達之眼之腔所營造的氛圍而已。當然我也必須承認，舊時代的一些文靜雍容，對我有著特殊的意義與無可言喻的吸引力。一句舊詩，一只舊式的青瓷茶盞，一種舊式的書信開頭，都讓我陶醉。而我想這種緬懷，大約就是我到目前爲止所有寫作的背景與色調，誰知哪天我也可能推開紙窗木櫺，吹滅燭火，徜徉在齒輪與數位的意境中悠然自怡也不一定。

世界的一些美好如細沙簌簌流去，煮字爲藥治療著我的無奈與寂寞。

時代的冬雪積滿階前，這本小書只是一張邀請卡，且不用在乎清瓢抑或濁瓢，有空便來共飲一盃文化的綠蟻薄酒吧！本書封面題字蒙雨盦師賜贈墨寶，這總讓我想起大學時代上陶謝詩的歲月，「靄靄停雲，濛濛時雨」的思念最是深長，但也不禁感嘆自己畢竟是蹉跎了華年；又我素來敬仰的董、夏兩位先生爲我此書作序，更增添了它的豐富。而封面那幅常玉的畫，多年前我便十分喜愛，買了複製的畫片，每年春節前便會掛在門上，伴隨冬盡春來，一直到初夏時分。

徐國能

二〇〇五年四月十日於臺北

附錄

# 享樂年華——也談三本有趣的書

## 一、鼠尾草和迷迭香之外

「爲人民服務」的社會主義在二十一世紀是黯淡了，而張牙舞爪的資本主義近年卻吹起了「庶民」風。但什麼是「庶民」呢？

對於歐洲，我們的想像的是湖光山色，古堡教堂；還是精品名牌，歌劇與美術館？凡此種種，大約也是臺灣遊歐旅行團的必經之處，但這是月曆紙上的歐洲，是CD封面裡的歐洲，與眞實的歐洲似乎終隔一層。記得林文月教授在〈翡冷翠在下雨〉一文中是這麼說的：

> 步出這座小型教堂，暮色已乘細細的雨絲自四面八方圍攏來。店鋪的燈光都亮起，招牌的霓虹燈也閃耀著。遊客的思古幽情未醒，街上行人卻正匆匆趕步，

路旁賣明信片和土產的攤販也陸續在收理東西準備回家。

「生爲翡冷翠的人，你一定很驕傲吧？」我禁不住這樣問那位中年的導遊者。

「我當然是很高興做一個翡冷翠的人啦。但是，說實在的，我可沒有天天生活在感動之中。人總是要顧及現實的。」最後那句話，他壓低了嗓門說。

對於一到歐洲就天天活在感動中的我來說，似乎無法眞正意識到他們也有庶民生活的一面，也或許他們的庶民生活，對我而言仍是十分貴族奢侈的。因此我總希望能對他們眞正的生活有多一些的認識，理解一個平凡的歐洲人是怎麼生活，如何在日常中怡樂和德。

在巴黎，仕女手腕上ＬＶ的密度未必比得上臺北；在倫敦，芭芭莉的出現頻率也不一定超過東京。似乎大多數的「庶民」，他們快樂與成就並不是在秀出自己擁有一個香奈兒經典包的煙火璀燦中，而是在每天每天的日常，從簡單的衣食裡所的到的寬慰與滿足。然而太多談歐洲旅行的作品，標榜的無非是歐洲的古典華麗和科技先進，對於亞洲或臺灣而言，歐洲還是一個精緻的櫥窗，有點不食人間煙火。多年來，我一直想找一本能代表歐洲庶民性的作品，眞正傳達他們平凡中見精雅，素樸裡具豐饒的生活。日前讀完韓良憶撰文，侯約柏（Job Honig）攝影的《在歐洲逛市集》，大概可以說是很完整地體現了這個價值，而我以爲這才是我們應該認識的「歐羅巴」。

本書專談歐洲，但她避開了名牌或高檔餐旅那些上層的貴族經濟，而鑽入了熙熙攘攘的庶民「市集」中。說到「市集」，不禁想起賽門與葛芬柯（Simon & Garfunkel）的那首名曲：〈史卡保羅市集〉（Scarborough Fair），以及裡面提到的鼠尾草（sage）及迷迭香（rosemary），韓良憶在文中除了寫到這些詩意的植物，還有實實在在的麵包鹹肉、乳酪蕃茄，新鮮的蘆筍節瓜、魚蝦淡菜，熱呼呼的派餅和香噴噴的濃湯，一冊在手，文圖並茂，眞讓人有目不暇給之感。飲饌之間，那個活色生香的歐洲不再倨傲如貴族、深沉似古堡，而成爲了可親可啖的一道道佳餚。

說到了佳餚，作者還配合著食材，寫出了一道一道我們在自家廚房就可以完成的料理，烤南瓜湯、鴨胸肉藍紋乳酪沙拉、牛排佐蔥香紅酒醬汁、什錦海鮮燉飯……，這些本來要在高級西餐廳裡才吃得到的經典佳餚，原來可能只是一種家常菜，書裡很親切地教大家怎麼輕鬆完成——買菜、做菜、吃菜，這就是典型的庶民經濟吧！所以這不是一本拿來讀的書，而是一本拿來吃的書，美味和營養兼具。

此書分介：倫敦、巴黎、北義與荷蘭，雖然我認爲這四個城市也不能代表整個歐洲，但他們至少是臺灣人對歐洲的第一聯想或最初經驗。透過這四個城市的市集生活，我們對於生活品味與物質文明當有新的體驗：人的生活離不開一個派餅一杯咖啡，然而派餅咖啡中，所寓含的文化傳統與生活態度其實是整個文明背後的一股堅實力量，這是我們在理解歐洲時最不能忽略的一環。因此我也希望未來還能讀到其他城市的市集風貌：柏林、莫斯科、里斯本，或是南美洲、非洲與印度及斯里蘭卡……，用文字與現實風格強烈卻十分詩意的照片帶領我們去認識她們的眞實生活。

韓良憶文風就像書裡的照片一樣平實而亮麗，試看：

> 一黑二白三位爵士樂手正在演奏我不知其名的曲子，樂風輕快，……就像這個晚春早晨的陽光和空氣，溫暖卻不熾熱，輕盈而不凝滯。一曲既畢，我趕緊將自己手上拎著那沉甸甸一布袋的山羊乳酪、荷式醃腸和杏桃果醬擱到地上，騰出手來鼓掌……。

音樂、陽光、食物，人生的幸福與自在不假多求。讀到此處，我也像在教堂邊的小酒館飲罷涼涼的白啤酒，有點醉了。

## 二、饕餮奢華

焦桐在《暴食江湖》這本書中也提到了伊丹十三的《蒲公英》，這部電影前面是一對師徒開著長途大卡車，夜雨滂沱，又冷又餓，師父操著方向盤努力加速，徒弟不急不徐地念著一本書：「在一個柔和的春日裡，我向一位精通吃拉麵的老人請教拉麵的吃法……」接下來，就是焦桐說的那一段：「要充滿愛心地看著那碗麵」、「輕聲對叉燒肉說：等一下再見了……」。兩人邊讀邊罵，終於，卡車師父「被那本破書」弄得受不了了，只好將車停在一家老舊的拉麵店前，無意中闖入了「拉麵道」的世界。

昨夜，我一邊讀焦桐的《暴食江湖》，一邊如那卡車司機一樣，對焦桐暗暗咒罵，書中忽而寫到他早餐跑去吃魚腸，吃旗魚米粉湯，忽而又寫到自己吃了多肥美的秋蟹，以及各式湯頭的火鍋、滷法不同的豬腳、或清爽或濃腴的牛肉麵、新加坡道地的海南雞飯……，接著又吃著樹下鮮採的櫻桃，品著各地紅酒。我幾乎可以想像，焦桐酒足飯飽，「萬物皆備於我」的滿足模樣。我的饞欲，像野火一樣被他煽動的文字熊熊燃起，而時間是臺北深夜一點半，而且洗好澡刷好牙了，我只能長嘆一聲，將昨天吃膩的喜來登亞麻子麵包胡亂吞了，不吃宵夜的誓言就被《暴食江湖》給毀了，文字，原是有相當暴虐的時刻。

寫飲食貞如做菜，一不能淡乎寡味，一不能過於賣弄，要就著食材提出最好的治理之法，在依循前人之外，適當地加入一些自我的巧思是絕對必要的。因此良廚不謹要學淵識博，同時要有一顆警敏的心。焦桐談飲食的點點滴滴，一方面有堅定的中心思想，即人生乃有品味地享受；一方面有豐厚的實戰經驗，在到處試吃以外，焦桐是勇於在自家廚房做實驗的美食家，因此他的文章不只可讀，而且都是可以吃的。試看他「說炒飯」：「將鳳梨對切，剜起果肉，拌炒青豆；火腿丁、腰果、蝦仁等食材。再將炒好的飯裝入略爲烤過的鳳梨，撒上些許肉鬆。」你看，不是很容易嗎？其實不容易，仔細讀一下焦桐後面又用了三千字談如何炒這個飯，就大約可以明白「知易行難」這廚藝與文章之道。

焦桐的這些小文章之所以耐人咀嚼，乃在他出入古今的恰到好處，將冰冷的知識化爲最好的調味料，讓文章愈發色華聲富了起來。最可貴的，是書中往往能將現實的美味提升爲人生裡的一面風景，他說炒飯「像一首流浪者之歌」，又說：「美好的事物如鮮魚，感動人心，卻非常敏感、脆弱」，曾有人問我怎麼樣才算「懂吃」？我想焦桐這裡做了最好的回答。尤其他寫到和女兒在大峽谷旁吃印地安人燒製的牛肉，「談著一些旅途見聞和體己話，心想不知有幾回這樣的幸福光陰？……感傷中我忽然充滿感謝，竟能嘗到這種滋味。」唉～～這眞是吃出眼淚來了。

我慢慢覺得，焦桐在他的飲食文學裡愛這愛那，好像來者不拒的饕客，其實這何嘗不是一種最美的詩心，詩心便是所謂賞愛之態——在平凡裡找到雋永，在尋常間發現眞諦，在微渺中得到永恆。焦桐不負詩人之名，你看他對一盒日本鐵道便當花了那麼多的筆墨：「處理乾淨後用煮過的酒、湯汁入味，先以大火烤一下，再蘸上醬汁，接著小火慢烤……最後塗上美味的醬汁，整齊地排在木質便當盒的白飯上……讓烤星鰻的美味滲透進仔細煮過的飯裡……非常奢華。」這種對「美」的發現與執迷，是美食家與文學家的雙重才能，他將飲食提升到了另一個文學藝術的層次上面去了。

因此無論從美味或從藝術的角度來說，文字一如料理，那細切慢燉，調製入味而不膩口的醬汁，灑上開啓另一種感官的細蔥或薑絲，再配著適宜的光暈、音樂然後端上桌來，這一切煩勞爲的也就是用一顆謙卑的心與世界對話，滿懷感恩地珍惜所遇之一切，並讓生命的味蕾，從此能留下最奢華的一次感動吧！

## 三、虛浮的旅

如何在一個陌生的城市裡留下記號
愛一個人還是買一雙鞋？

夏宇〈逆風混聲合唱給ㄈ〉

同事有一位碩士生在研究董啓章，我忽然想起還在唸大學的時候，董啓章以〈少年神農〉及〈安卓珍妮〉兩篇作品同獲「聯合文學小說新人獎」的中篇及短篇小說獎。那兩篇纏綿悱惻的作品至今記憶猶深，之後他也不斷寫出突破性的作品，是我非常羨慕與佩服的小說家。好幾年前，董啓章寫了一本旅行小書：《東京・豐饒之海・奧多摩》，那也不過是他去日本旅行五天所記聞見罷了，不過較諸於一般性的記旅文字，此書確有一些值得回味的地方。

曾幾何時，臺灣也轟轟烈烈地瘟熱過一陣子「旅行文學」。

和多數寫作者不同，我並不是特別喜歡旅遊，也沒有太多的旅行經驗。一方面也許是缺乏冒險精神；另一方面是覺得在我所接收到的旅遊資訊裡，甚至包括了自己有限的旅行經驗中，處處都充滿了一種商業消費的庸俗感與滑稽感，在資本主義國度的「旅行」，就像是一張包裝紙或是一層糖衣，用一段美景、一片想像或一個意義，說服了遊人心安理得地消費，再消費。就像我去過北海道看薰衣草田，但印象最深刻地其實是日本的各種薰衣草產品，餅干、唇膏、香水、衣服、烤麵包機，彷彿惟有吃過用過，旅程才算眞正地完成了。

旅行有沒有可能產生消費以外更深的意義？或是無論再怎麼變，都只是一種較高明的消費包裝而已，就像孫悟空翻不出如來佛的手掌心一樣，現代文明，天涯海角都有一臺刷卡機在等著你題下「某某到此一遊」。

不過「出國」一事在臺灣社會總有它微妙的暗示性，無論是留學、出差、旅遊或是避風頭，能出國總是一件了不起的大事，去的地方愈遠，在那的時間愈久，愈形成一種想像。猶記得學生時代，暑假結束後回到教室，總有些同學（特別是女生）會拿出趁著暑假到某地（多是東南亞或日本）旅行的一本相簿，和她對照片內涵的口頭講解在一些小型的尖叫與驚嘆中傳來傳去；偶也會聽到一些嬌嗔如：哎呀那裡東西好貴喔、房間眞的很小、差點被擠下飛機耶還好我爸去吵就升上商務艙……等等我也搞不太清楚的狀況。不過我還是對那些事聽的津津有味，也對相片裡的米老鼠、建築或外國人雜耍很好奇，畢竟「見過世面」這回事，對於鄉巴佬如我這款人來說還是很有吸引力的；而把鄉巴佬唬得一愣一愣，更是一種莫大的趣味。可見說／聽發生在遠方的軼事，本是人類的常態娛樂。

旅行文學也許就是在這種氣氛中展開的，通俗一點的旅行文學多半表現作者從「玩什麼」到「怎麼玩」的歷程，稍有進階的則是表現了某種事件後那樣微明的心境，不過極可能將自己的喜悅或感傷稍加戲劇化了一些。然而自從兩大航空公司不再送機票，「旅行文學」的熱度便轉化爲深度，一些誠懇的反思在旅者的筆下展開。

董啓章在這本旅行手記中借用了德國作家Sebald的文風，一種透過對主體外細節的關注、思緒遊走、意象衍生等方式來進行敘述，從任何一件小事裡來建構一個宏偉的意義，或是表達他個人對於問題的異想，因此本書不啻在寫董啓章的東京五日遊，而是企圖引領讀者漫遊董啓章這個人的人生觀與價值觀。

這是一個嶄新的旅行文學敘事腔調，將旅行經驗與人生態度混為一談，用精準而平緩的語言展開一場沉思之旅。其中有回憶、有批判、有疑問、也有解釋。通過細密語言的鏤織，呈現了旅行中眼目所見的前景，以及心裡沉澱的遠景；或是說作者有意識地將文化知識與人生經驗和入旅途聞見，使行旅中所見處處皆蒙上了一層個人色彩，因此書中的東京不再是新聞或旅遊雜誌裡的東京，而是一個董啓章意識裡的東京。這樣的書寫策略突破了以點線為結構的旅行敘事，而使他的旅行有了立體感與時間感。像書中來到鎌倉，作者卻神思川端康成的小說《千羽鶴》，又從此進入日本文化曖昧性的探討，並連結到大江健三郎的文化體認上去。這樣的書寫所表現的並不是鎌倉本身，而是由鎌倉所引起的文化想像，當這樣的想像成為全書主體，旅遊反而成了邊緣，只提供線索性的服務而已。

這些逸出旅遊本體的細瑣片段雖然散漫，但處處皆玲瓏透徹，使人驚嘆於董啓章的博聞與深思，將平庸的旅程賦予了高度的意義，這意義不僅是文化層面的思索，同時更接近於對人生本質的看法。我讀這本書的時候直覺想起古人評論南宋詞家吳文英的評語：「（文如）七寶樓臺，眩人眼目，碎拆下來，不成片段」，而這些不成片段的意念，也正是本書最值得玩味之處。散文家木心曾說：「羨慕那個開始動手就造出廢墟的人」，董啓章所著手構造的「廢墟」，實在是一番繁華過後的清冷而已，也是最能引人深思的場域。因此這樣的書寫是對旅行本身的解構，顛覆了傳統「旅遊」概念下的思維模式，巧妙地利用商業消費的旅遊活動，完成另一趟自我的心靈行旅，也許這揭櫫了旅遊更深的意義之所在。

不過回想起來，在每一次的遊歷中，對於陌生的城市我還是選擇了以物質的方式留下記憶。在布拉格查理士大橋下的垂楊樹畔喝了一杯冰啤酒的感動壓倒了大帝的革命與戰爭；如今每天早上放麵包的瓷盤是在荷蘭買的，對著它我會想起的竟是一個騎著腳踏車和公車爭道的紅髮青年而不是梵谷。滄海之大、舟輪之奇，太多我無法承擔與意義與啓發終於使我選擇成爲一個庸俗的觀光客，追求「爲腹不爲目」的聖人境界。現實生活畢竟太苦，那些看不見的城市虛浮雲端，正是晉太元中武陵人之我輩，一心想要逃往的、不必有責任的桃花國度。

# 增訂版跋 文學小自由

范宜如

猶記得第一次見到徐國能時他博一，我剛讀過他的〈主婦詩人〉，誤以爲他是個文藝青年。想不到第一次見面，他背著一個大紅書包，講起職棒滔滔不絕，臧否時事深刻痛快，說起圍棋，深不可測；然而討論文學，又別有見地，深具原創視野。等他進入師大任教，見識他教學功力之餘，又覺得他根本是個飲食雅痞，學術憤青。因此，當學生提出他們的疑問：徐老師的文字如此抒情、懷古，但評論時事卻又火力全開，具批判力道；評詩如此深刻動人，講起冷笑話又讓人哭笑不得（據說很好笑）；思想與觀念多元閎深，可問起大學生是否可穿夾腳拖，又道貌岸然一派老學究；善於記誦詩句古文歌詞各式典故，提起學生的名字卻全記混（或不記得），令人扼然。究竟，那一個面向才是徐老師的本色？我只能說，孩子你慢慢來，老師是波赫士的「沙之書」，你們且「徐」「徐」讀之吧。

這本書是徐國能第一次擔任「專欄作家」的作品。想當年，他接下這份重任，第一篇文章寫的就是「建構式中文」。猶記那時，徐國能撥了一些電話，想跟同行借一本《說文解字》而不得。非得找出原文比對的態度，顯示徐老師的慎重；從字裡行間的矜重筆調也可看到國能對於語文、文學的斟酌與思辨。移動到淡水，生活在和平東路，這一年的專欄寫作也可見他初登大學講壇的生命感受。

專欄書寫有其特質，如何切合時事又如何回應古典？需不需要顧慮大學教授與散文作家的雙重角色？面對每週一回的截稿壓力，以及字數的重重限制，如何顯示出「雜文也是散文」的美好潛質？閱讀本書，自可看見這些思索的縫隙以及轉折。

這本書其實是徐國能本色的顯現：擷取時事提出觀點，化用名家創作加以詮解；一點喟嘆，一些批判，永恆的抒情，潛藏的戲謔與幽默，以及後設的思辨。時移事往，六年後重讀此書，「遛鳥俠」已成往事，高中國文古文白話比例已成爲必讀古文四十篇；基測加考作文——大局已定，考試院出題範圍也不再是報章討論重點。不過，細讀內文，竟然發現這本書預告與隱喻著國能老師的動向。譬如〈文化的魚龍秋江〉，主要在論析中學國文教材裡現代文學與古典文學的比例問題。對這個議題，徐國能自言：「事實上，我是一個現代文學的愛好者與創作者，也夢想有一天我的作品成爲教材。」六年之後，徐國能眞的躋身中學國文課本上的作家。原來，專欄裡的呼告可以成眞！又譬如〈童年書緣〉探討兒童文學的意涵，豈料徐老師去年在本系開設「兒童文學」課程，近期文訊雜誌也有他評述《瑪麗．包萍的神秘禮物》之作，並出版《字從何處來》等兒童語文圖書。再如後記：「誰知哪天我也可能推開紙窗木櫺，吹滅燭火，徜徉在齒輪與數位的意境中悠然自怡也不一定。」現在徐國能網誌與臉書一個也不少，網路世界裡國能時而爲辯士，時而爲詩家，更重要的是創設「小鷗報報」，既是小女兒的起居注，也從小孩的角度書寫世界。不過，其人耐心不足，今已停刊，徒喚負負。

「登樓欲盡傷高眼，故國平蕪又夕陽」，這是徐國能贈書的扉頁題字。（不要以爲這有什麼寓意，這只是他的一種儀式。）國能常抄寫詩句給讀者，有時是杜詩，有時是黃克孫翻譯的《魯拜集》；在寫字的當下，他沉浸於自我建構的小宇宙，在數位時代使用鋼筆細細地書寫，我以爲，這是他傳遞詩教的某種方式，這也是他在《煮字爲藥》中最想傳遞的人文素養與情懷。

當專欄結集成書，所有的時間性都隱藏在重組的頁冊之間，我們不再是閱讀「中文正紅」（更何況中國時報已然改朝換代）的單篇文章，它已然轉換成《煮字爲藥》。如何整體地觀照這本書？我以爲，若從語文教育的角度審視，或可關注這幾個面向：

## 語文的意涵

書中對於當前語文現象的剖析，可分幾個區塊。徐老師視語文爲「奇妙的工具」，「近則傳情達意，遠則傳道立言。」（〈美好人生的起點〉）「傳情達意」是基礎功，於是徐老師指出用語之誤，如「檄文」誤爲「習文」（〈花鈿委地的中文〉），呼籲「少用諧音」（〈怕的是「分梨」〉），點出「理解古今字詞」之必要（〈古今詞義大不同〉），詮釋語詞（〈月的聯想〉），例舉古籍中故事詩詞的妙趣（〈文學裡的小聰明〉）。這些，都是生活語境中語文的溝通與傳遞。徐老師指出，語文訓練不僅是提升閱讀或組織章句的能力，更重要的是「有助體會他人情意，並藉此訓練表達自我。」（〈美好人生的起點〉）因此，他談古詩，也談現代詩，旨在創造一種獨特的美學品味。

國能關注的並不只是「語文」，而是生命情懷與人生品味的涵泳，人生境界與人文素養的追尋。以〈建構式中文〉一文爲例，除了藉〈漢字遊戲〉一詩談文字的趣味之外，他更提問：「而我們名之爲『人』，是不是所有言行也能完全符合『人』的標準呢？」並自省「究竟關切的是什麼，又成就了什麼？」（〈上一代讀書人〉〉文字涵藏了文藝、文化及人文意義，成爲一個「人」，或許才是語文教育眞正的核心。如其所述：「從美的欣賞到理的分析，循序漸進地將傳統的美感與理性內化爲人生的一部分，成爲基礎，再以此去面對多元的世界文化，進行所謂之交流與匯通。」（〈文化的魚龍秋江〉）以「傾聽」二字表述對殷商文字刀契的念想，（〈字的故事〉）一再強調古典文學可以擴展胸襟，對生命有所反省，這些都是教授徐國能對於語文深刻的思辨。

## 寫作之道

另一方面，作家徐國能亦提供寫作的「金針」。徐國能以爲作文教學可分三層次，一是文體特性與修辭等基本工夫，二是好作品的導讀，三是實作的修改。（〈遇見100%的作文老師〉）因此，他談文章佈局（〈方圓大道，黑白藝境〉）指出「凡舉說理，最好以妙喻出之」（〈誰是那隻猴子〉），「聯想」的創造力（〈萬事萬物想起誰〉），文章鍊字之例（〈一字師〉），以迂迴照顧全局（〈迂曲隱密的藝術〉）——「觀微知著、舉一反三、藉此說彼、意在言外」的表現技巧（〈農業時代的情韻與智慧〉），著重「靈感、情緒、修辭術的創新」（〈我有話要如何說〉）並提醒寫作者從名家風格的內省與練習進而呈現自我。（〈風格與人格〉）從他的文章即可驗證其說，看見「作文」與「散文」的筆力：

其一，標題的擬定。

報章刊載的文章需引發讀者閱讀之興味，標題就是櫥窗，需注意文字的彈性與密度。譬如「世說・新語」，只是增加一個標點符號，就翻轉書名，切入「時代新語」的思辨。徐國能一方面指出外來新語詞顯示觀念的遷移，又提問：究竟這些話語豐富漢語的內容？還是漸成陳跡？以前段時間流行的「殺很大」爲例，當時可以轉換成「愛很大」等等，現在似乎也隱藏在語言的冰山底層，成爲某種時代風韻。又譬如「遇見100%的作文老師」，化用村上春樹「遇見100%的女孩」；英文歌名「萬事萬物想起你」，他改換成「萬事萬物想起誰」，從「你」到「誰」，就多了一層情韻；將廣告詞「我有話要說」，「我有話要如何說」，顯示了某種文字趣味。

我欣賞的標題是「軟的，容易消化的，奶油的」，題目能引發閱讀者好奇心，翻閱後發現出自張愛玲之語，又忍不住重讀一回張愛玲，看徐國能分析「的」，談「瞬間口語」的相知與親暱，又覺妙不可言，標題之用大矣哉！

其二，時事的轉換。

專欄寫作免不了呼應時事，然而散文又非新聞評論，該從何種角度切入？

〈何「德」何能〉一文是篇佳例。對於林小妹妹事件，大家可能記憶猶新。徐國能僅以「台北發生了大醫院不當轉診病患的爭議」簡單交代事件，卻拈出事件的核心「醫德」，以何「德」何能一文深入剖析。姑不論日後「品格教養」屢屢成爲報章上的報導，國能切入時事探討制度而又以「如得其情」之觀點設想：「試想我們自己又有哪些時刻，是完全無誤地達成了職業上與人生裡的道德標準呢？」於是，時事新聞反而成爲生命自我的扣問，這也是〈誰是那隻猴子〉中所言「文學與『國文』間的一個小小差別。」

其三，詮釋的理據。

據我所知，當初出版此書時另有構想，附錄本書所提過的各種典籍、文學作品。還好沒這麼做，否則，很容易暴露徐國能閱讀的「偏執」。（更重要的是會發現他根本是個「老」人。）談影像，他舉的是許鞍華導演的《男人四十》、義大利電影《郵差》，丁亞民執導的《人間四月天》，引用老歌〈All kinds of everything remind me of you〉等等。當然，就其書寫軌跡可看見國能三十時的閱讀脈絡，「重複」之處恰好顯示了作者「情之所鍾」。現代作家如董橋、白先勇、夏宇、張愛玲，古典文學則是其鑽研多年的杜詩及詩話，不妨循跡閱讀，或可知其融通文本的方式。不過我以爲最眞切的一句話應該是：「我喜歡背詩」，有心寫作者，何妨就從「背詩」入手！

其四，文章的析賞。

專欄有其文字限制，以徐老師分析白先勇〈樹猶如此〉爲例，體例如中學課文題解，又有如短文寫作；簡短的內容，深邃的話語，深刻的互文性；可以看出國能融通古典文學與現代文學的功力。

其實，創作眞的有方法嗎？徐老師嚮往的其實是「點化」，而不只是講授。他說：「一位老師能引導學生認識天地萬物的眞情至美，並給予學生浩然的胸襟與洞悉人世的睿智。」提起筆來，自然也能寫出好文章。〈遇見100%的作文老師〉這是遍及全書的思想與氛圍，處處談語文是什麼，可又處處提醒你不要以「實用」、「應用」的思維看語文。閱讀本是一種創作，坐看流動的生命風景，透過文學眺望生活的他方，即能擁有小小的自由。文學小自由，這不就是紛亂忙碌的社會裡，一點點的微光？

國能曾在〈校園文學的希望〉指出寫作的意義。他認爲不是「無法寫」出某種情境，而是喪失了詮釋的能力。更重要的是，我們是否記存曾有的經驗，爲記憶賦予意義，「自然可在平易中看見無限的深邃」。因此，除了「筆法」之外，更重要的還是如何詮釋，如何記存生命種種，如何記憶，這才更是我們閱讀與書寫的本質。

看著六年前書封上汪師雨盦的墨跡，我想起某個午後，與國能學弟等人一同去溫州街汪老師家，同行的是誰已不復記憶，卻記得這樣的場景：汪老師一聽徐國能這年回到母校任教，進房間拿了一本書，話語大約如此：「這是當年教詩選的課本，上面寫了一些字，你可以參考看看。這本書就送給你了。」隱沒在時代雲月浪沙中的身影，如陶詩的悠然，杜詩的厚重。見證汪老師將詩選「傳」給國能的靈光瞬間，那是老師愛惜學生的心意，也是道藝文化的傳承。「傳書」的片刻，讓人永恆追懷。

另有一事。國能贈書於我，彼時吾家小兒尚幼，看到書封，唸出「煮字爲樂」。我們笑稱，也許「煮字爲樂」較「煮字爲藥」境界更高呢。祈願所有閱讀者，以書爲藥，閱讀爲樂，坐擁文學的風景，揮灑閱讀的自由。

——二〇一一年七月

（本文作者為臺灣師大國文系教授）

九歌文庫 1093

# 煮字為藥（增訂新版）

| | |
|---|---|
| 著者 | 徐國能 |
| 發行人 | 蔡文甫 |
| 出版發行 | 九歌出版社有限公司 |
| | 臺北市105八德路3段12巷57弄40號 |
| | 電話／02-25776564・傳真／02-25789205 |
| | 郵政劃撥／0112295-1 |
| 九歌文學網 | www.chiuko.com.tw |
| 印刷 | 晨捷印製股份有限公司 |
| 法律顧問 | 龍躍天律師・蕭雄淋律師・董安丹律師 |
| 初版 | 2005年5月 |
| 增訂新版 | 2011年8月 |
| 新版6印 | 2022年9月 |
| 定價 | **240元** |

| | |
|---|---|
| 書號 | F1093 |
| ISBN | 978-957-444-779-4 |

（缺頁、破損或裝訂錯誤，請寄回本公司更換）

國家圖書館出版品預行編目資料

煮字為藥 / 徐國能著. – 增訂新版. --
臺北市：九歌, 民100.08

面；, 公分. -- (九歌文庫 ; 1093)

ISBN 978-957-444-779-4(平裝)

855 100012303